二人はようやく、
本当の姉妹に戻ることができた――

幸せな一年になりますように……！

経験済みなキミと、経験ゼロなオレが、お付き合いする話。その4

長岡マキ子

ファンタジア文庫

3169

口絵・本文イラスト　magako

CONTENTS

プロローグ

青空のキャンバスを、一羽の鳥が弧を描くように横切っていく。

十一月の真昼の南池袋公園には、穏やかな日射《ひざ》しが降り注いでいた。

青々とした芝生に直《じか》に寝転んで、頭や腕が少しだけチクチクする感触も、隣にいる彼女と一緒に味わっていると思うとイヤじゃない。

頭の上には、水色のマークが描かれたカップに入った、おそろいのBlue Bottle Coffee。

少しだけ気が重いのは、予備校の授業のことが意識の片隅にあるからだ。今日は土曜日で、授業が始まるまでの間、池袋まで来てくれた月愛《るな》と会っていた。

「いいなぁ」

ふと、隣の月愛がつぶやいた。

「どうしたの？」

顔を傾けて見ると、月愛は青空にまっすぐな視線を向けていた。

「鳥はさ、どこでも行けるじゃん？」

「……月愛は、行けないの？」

俺の問いには答えず、こちらに視線を向けることもなく。月愛は、何かをつかみ取ろうとするかのように、青空に向かって手を伸ばす。

「自由になりたいって、ずっと思ってたんだ」

ぽつりと、彼女はつぶやいた。

「何から？」

俺の二度目の問いかけで、月愛はようやく俺の方を見た。その顔は穏やかな微笑に彩《いろど》られていたので、少しほっとした。

「なんだろーね。おとーさんは、あたしのことは、どっちかってゆーと放任主義《ホーニン》だし、おばあちゃんも自分のことで忙しい人だから、全然うるさくないし。お小遣いは、それなりにもらってるし？」

そう言って小さく笑い、月愛はまた空を見る。

「……でも、なんかキュークツだったんだ」

その顔から笑みが引き、月愛は真面目な面持ちで続ける。

「あたし、ずっと帰りたかった。おとーさんとおかーさんと、おねーちゃんと……海愛《まりあ》と、五人で住んでた家に」

寂しげな色を帯びた声が、青空へ取り残されるようにぽつんと放たれる。

「もう地球のどこにもないんだけどね。そんな家」

そう言った横顔は、精巧な砂糖細工のように儚《はかな》げで。

ぞっとするほど綺麗《きれい》だった。

第一章

だいぶ涼しくなってきた十一月下旬のある日曜日、俺は品川のファミレスにいた。

ソファタイプの四人用テーブル席で、俺の隣には月愛《るな》。そして、向かいには山名《やまな》さんと関家《せきや》さんが座っている。

そう、つまりこれはダブルデートだ。

「あー、イルカショー楽しみだな〜！」

月愛はウキウキしながら、デザートのチョコレートサンデーを食べている。お決まりの肩出しトップスは秋冬仕様の長袖ニットで、萌《も》え袖になっているのが可愛《かわい》い。

俺たちは、今からこの近くの水族館に行く予定だ。午後のイルカショーに合わせて入館できるように、時間調整を兼ねてランチしていた。

「イルカって魚なのに飛ぶんだよ？　マジヤバくない？」

「え？　い、いや、イルカは魚じゃなくて哺乳類だよ」

興奮気味な月愛に、俺はやんわり訂正する。

「マ⁉ てか、魚じゃない海の動物っているんだ？」

「うん……カニとかヒトデとかもそうじゃん？」

「それはわかるよー！ でも、イルカってほら、動物っぽいじゃん？ 魚系じゃない？ なんで魚じゃないの？」

月愛の言ってることはなんとなくわかるけど、生物に造詣《ぞうけい》が深いわけでもない俺は、専門的な話もできずに苦笑いするしかない。

「てか、ホニュールイってなんだっけ？ 生物で習った気がするけど忘れたー」

「えーと、卵じゃなくてお母さんのお腹《なか》から生まれる生き物で……」

「そんで？」

「えーっと、あとは……えーと、えーっと……」

「肺呼吸してんだよ」

そう言ったのは、向かいの関家さんだった。

「だから溺れないように、水の上に出て呼吸するわけ」

「じゃあ、そのためにジャンプを？」

「いや、息吸うのにいちいちジャンプしてたら効率悪すぎだろ。それはまた別の理由で、求愛とか垢《あか》を落とすためとかいろいろ言われてるけど」

「「へー」」

俺と月愛は、思わず声を揃《そろ》えて感心した。

「関家さんって、イルカ好きなんですか？」

「っていうか、俺、生物選択だし」

なるほど。さすがはプロ受験生。

そんな関家さんに、ひときわ尊敬の熱い視線を注いでいる人物がいる。

「センパイ、すごーい……！」

山名さんだ。月愛の向かいにいる彼女は、ただでさえ、さっきから隣の関家さんにとろけそうなまなざしを向けている。

「……る、月愛。俺たち、ほんとにお邪魔じゃなかったのかな？」

山名さんは、さっきから関家さんしか見ていない。その頬は上気しっぱなしで、瞳も潤みがちだ。

「だいじょぶだよ。ダブルデートしよって言ったの、ニコルだし」

小声で尋ねた俺に、月愛もヒソヒソ声で返してくる。

「で、でも、あれから二人がちゃんと会うの初めてなんでしょ？」

文化祭の日から二週間近く経《た》つが、関家さんは勉強漬けの日々で、山名さんもバイトが忙しく、ちゃんとデートするのはこれが初めてだという。そんな大事な逢瀬《おうせ》に他人がいていいのかと、ダブルデート初心者の俺はびくびくしてしまう。

「だいじょぶだって。ニコルと、お互い彼氏できたらダブルデートしよーねって、ずっと言ってたんだ。しかも関家さんがリュートの友達なら絶対楽しーじゃんって、昨日も電話で盛り上がったとこだし」

「そ、そうなんだ……」

しかし、それはもっと先でよかったのではないか……という気がしないでもない。今の山名さんには、俺たちに気を配る余裕などなさそうだ。

「あーんっ！」

そのとき、山名さんが声を上げた。女の子っぽい、彼女らしくない声だ。

「どした？」

関家さんが尋ねると、山名さんは自分の膝のあたりを示す。

「アイス落としちゃったー」

山名さんは、月愛と同じチョコレートサンデーを食べていた。口に運ぶ途中、溶けたアイスがスプーンから滑り落ちたようだ。

「うわ、早く拭けよ。服につくぞ」

「あたし手ベトベトだから、センパイ拭いて～ぇ？」

「いや、何言って……」

そこで、ちらりとこちらを見た関家さんと目が合いかけたので、俺は慌てて見ていないフリをする。

「ったく……」

関家さんはテーブルの上にあった使いかけのおしぼりを取って、山名さんの膝のあたりを拭いてやる。

ここからだと見えないけど、今日の山名さんはロングブーツにミニスカートという格好だった。アイスが落ちたのは、推察するに絶対領域……つまり生足の太ももという、男にとっては刺激の強いゾーンだ。

俺が月愛に同じことを頼まれたら、とてもじゃないけど冷静でいられる気がしない。さすが関家さんだ。

「ひゃんっ！」

再び山名さんが可愛らしい声を上げた。山名さんは、頬を火照《ほて》らせた艶《なま》めかしい表情で、関家さんを上目遣いに見ている。

「んなっ、なんだよ⁉」

「センパイ、くすぐったぁい……」

「お前が拭けって言うから、拭いてやってんだろーが！　変な声出すな！」

さすがの関家さんも、これには動揺を隠しきれていない。声が上擦り、顔が赤らんでいる。

「ふふっ」

そんな二人を、隣の月愛はほほえましげに見ている。

「二人の世界って感じだね」

俺に顔を寄せて囁《ささや》いた月愛が、いたずらっ子のような瞳で俺を見つめた。

「あたしたちも、今日は遠慮なくラブラブしちゃおっか？」

そう言って、ソファの上に置いた俺の手に、自分の手を重ねてくる。

「えっ……!?」

関家さんと山名さんがいる前で……と焦《あせ》るが、向かいの二人はそれどころではなさそうだし、俺はドキドキしながら月愛を見る。

「……そ、そうだね」

ぎこちなく頷《うなず》く俺に、月愛は嬉《うれ》しそうに笑う。

「やったぁ！　大好き、リュート！」

季節外れのひまわりのような特大の笑顔に、俺の鼓動はしばらくうるさいほど鳴り響いていた。

ファミレスを出た俺たちは、水族館に向かった。

入館してすぐに現れるクラゲのフロアは、暗い室内でライトアップされた水槽が幻想的に輝くロマンチック空間だ。月愛と手を繋《つな》いで、ブルーやパープルに光るクラゲを見ていると、いかにもデートっぽい雰囲気で、ドキドキしながらそわそわしてしまう俺は、やっぱり根っからの陰キャだ。

「わ〜キレイ！　フワフワしてるー！」

クラゲに釘《くぎ》づけな月愛の可愛らしい横顔に、思わず見惚《みと》れてしまって胸が高鳴る。

ふと横を見ると、関家さんと山名さんが別の水槽の前にいた。山名さんは関家さんの腕に自分の腕をからめ……グイグイと胸を押しつけるかのように密着している。

「ヤダー、センパイってばぁ」

関家さんの話し声はこちらまで聞こえてこないが、山名さんは艶を含んだはしゃぎ声を上げている。関家さんの腕に、山名さんの胸がさらに押しつけられる。

「……おぉ……」

俺がもし月愛にあんなことをされたら、正気でいられる気がしない。涼しい顔で水槽に視線を向けている関家さんを尊敬する。

「……なんか、ずっと見ちゃうねー」

月愛の言葉に、ハッとした。

「そ、そうだね」

クラゲなんかほとんど見ていなかった俺は、慌てて目の前の水槽に視線を注ぐ。

「ねぇねぇ、クラゲは魚?」

月愛に訊《き》かれて、はたと考える。

「え？　いや、違うと思うけど……」

「じゃーなに？」

「ええ？　えっと……」

俺も関家さんみたくかっこよく答えたかったが、知ったかぶってデタラメを言ったって、ただの嘘《うそ》つきになるだけだ。

「……なんだろうね……」

そうつぶやくしかなかった。

「ね～、なんだろー」

月愛は、俺の返答に不満を抱く様子もなく、不思議そうに首を傾《かし》げる。

なんとか挽回《ばんかい》したくて、頭をフル回転させてクラゲにまつわる豆知識を脳内検索した。

スマホで調べたら負けだという謎の意地が出てくる。

「あ、そういえば、前に何かで見たんだけど……」

やっとヒットした検索結果を、おずおずと月愛に披露した。

「クラゲって、泳げないんだって」

「え、ウソ⁉」

思いのほか月愛が食いついてきて、浅知恵の俺はドギマギする。

「え待って、じゃあ、これはなに？」

月愛が指すのは、水槽の中で「泳いでいる」ように見えるクラゲたちだ。

「漂ってるだけなんだって」

「えーっ⁉」

「だから、完全に水流が止まると全部沈んじゃうとか……」

「そーなんだぁ……」

月愛は心から驚いているようだ。

「……あたし、全然違うふうに思ってた。クラゲは自分の思い通りに、自由に泳げていいなぁって」

そう言って、俯《うつむ》きがちに水槽を見つめる。

「流されて生きてるんだね。なんだぁ……」

「ガッカリ?」

余計なことを教えてしまったかなと思っていると、月愛は軽く首を振る。

「ううん。……ちょっとシンキンカン」

「親近感?」

それってつまり、月愛自身が「流されて生きてる」ってことか?

そういえば……と思い出した。

──面白いの、アカリ。自分を持ってて、突き進んでて。

サバゲーの日、去っていく谷北《たにきた》さんの後ろ姿に向けた月愛のまなざしは、憧れに揺れていた。

他人に流されずに、自由に生きる。

月愛は、自分がそんなふうに生きられてはいないと思っているんだ。

──自由になりたいって、ずっと思ってたんだ。

あの言葉の意味は、俺にはよくわからない。あのあと見せた寂しげな彼女の顔だけが、いつまでも心に残っている。

――あたし、ずっと帰りたかった。おとーさんとおかーさんと、おねーちゃんと……

海愛《まりあ》と、五人で住んでた家に。

なぜそうなのかは不明だけど……彼女が自分を「自由でない」と感じる理由は、家族問題に起因しているのは間違いないようだ。

助けてあげたい。

俺が君を自由にしてあげられたら……。

でも、どうすればいいのかわからない。

なんてもどかしいんだろう……彼氏なのに。

「……リュート？」

そこで月愛に話しかけられて、ハッとする。

「どうしたの？　難しい顔して」

「ああ、いや……クラゲは魚じゃなくてなんなんだろう、って考えてて」

「えっ、まだそれ考えてくれてたの？　ありがとー！」

俺の苦しまぎれの方便に、月愛はパッと顔を輝かせる。

「待ってね、もう今調べるっ！　……え？　なにこれ？　シホー動物モン？　だって！」

スマホを見ながら、月愛が顔をしかめる。

「てか動物モンってなに？　ポ●モンの仲間？　ウケるー」

無邪気に笑う月愛は、いつもの明るい彼女だ。

「『動物門』な。生物の分類の一階級だよ」

そのとき、俺たちのところに関家さんが来て言った。もちろん、その腕には山名さんが絡《から》みついている。

「ミズクラゲだけでいつまで引っぱってんだよ。行くぞ、バカップル」

「バッ……!?」

「って、そっちに言われたくないんですケドー！」

密着して歩く二人に向かって、月愛が赤面しながら抗議の声を上げる。

そんな月愛に笑い返す山名さんも負けず劣らず赤面していて、心の底から幸せそうだった。

「……それにしても、信じられないな。あの山名さんが、あんなふうになってしまうとは……」

館内を移動しながら、俺はしみじみつぶやいた。

「ニコル、センパイのことになるとめっちゃ乙女だよ。前からずっとそうだったし」

「そ、そうなんだ……」

とても荒川の土手でヤンキー二十人を倒した逸話を持つ少女と同一人物とは思えない。

「……にしても、今日の山名さんの格好、すごくない？」

ちょうど上りエスカレーターの上の段に関家さんと山名さんカップルがいて、俺は改めて彼女の姿に度肝を抜かれる。

女王様を思わせる鋭いピンヒールのロングブーツ。引き裂かれている途中かのような激しいダメージの入ったデニムミニスカートからは、素肌のふとももがかなり際《きわ》どい上の方までちらちら見えている。肩がのぞくデザインのブラウスは、胸元も大きく空いていて、見せブラのような黒い布が谷間もろとものぞいている。自分の彼女が着ていたら、非常に目のやり場に困るファッションだ。

俺も月愛のおかげでだいぶギャルファッションを見慣れてきたと思うけど、それでも二度見してしまうレベルの気合いの入り方だった。

「ふふ、ニコルは今夜キメるつもりだからね」

そんな俺に、月愛は含み笑いで答える。

「え？『キメる』って一体……」

「だからぁ、そーゆーことに決まってるじゃん？　そのためにバイト休みにしたんだし」

「…………」

なるほど……。つまり、関家さんと一夜を共にしようと、そのために彼をその気にさせようと、そういう魂胆か。

「……あれ？　でも関家さん、デート終わったら自習室行くって言ってたけど？」

「えーっ、マジ？　こんな日でも勉強するの⁉」

「受験生だからね。あと一年以上ある俺と違って、あの人は年明けが本番だし」

「そっかぁ……。かわいそーだな、ニコル」

月愛は、まるで自分がお預けを食ったかのようにしゅんとする。

「ニコル、この二週間、すっごいガマンして頑張ってたんだよ。センパイの勉強のジャマにならないようにって、ＬＩＮＥもなるべく控えてたし、一瞬でも顔見たいからって、バイトのあと駅前でセンパイが予備校から帰ってくるの待ってたりして」

「付き合ったタイミングがね……。受験生はこれからが一番大事な時期だし。関家さん、一日十三時間くらい勉強してるっていうから、時間ないよね」

「ウッソ⁉　え待って、一日二十四時間だから……半分以上勉強してるじゃん！　ムリムリ！　あたしだったら死んじゃう！」

月愛が青ざめて、ムンクの「叫び」ポーズになる。

「ヤバ……それはもう、たまには息抜きした方がいーよ、うん！　今日がその日だっ！」

どうやら月愛は、なんとしても親友を応援したいようだ。

「そうだよね」

そんな彼女が可愛《かわい》くて、ほほえましい気持ちで同意した。

イルカショーは、一、二階をぶち抜く吹き抜けの大きなスタジアムで、一日に何度か開催される。次の開始時間までにはまだ二十分以上あるのに、スタジアムの席はかなりの人で埋まっていた。

「うわ、出遅れたー！　そんな人気なんだ!?」

「あ、でも前の方の席は全然よゆーじゃん！」

「だねー！」

「てかキャラメルポップコーンの匂いしない？」

「あっ、食べてる人いる〜ほら！　いいな〜」

「おいしそー！」

月愛と山名さんは思い思いのことをしゃべりながら、前方の席へ進んでいく。そんな彼女たちについていく途中で、俺は気づいた。

「……もしかして、前列めっちゃ濡《ぬ》れるのでは？」

よく見ると、前の回のショーの跡なのか、前方四列目くらいまでの座席は床までビショビショになっている。客の方もそれを承知しているようで、前方に座っている客は透明のレインコートのようなものを羽織って準備万端の態勢だ。

「まぁでも、後ろの方はもう空いてねぇしな……。着るやつ人数分買ってくるよ」

関家さんが言って、一人上方の売店へ向かっていった。

残った俺たちは、席を選んで座ろうとする。

「ねーどうせなら一列目にしない？」

「えーマジ⁉　こわーっ！」

山名さんに誘われて、月愛がはしゃいだ声を上げる。

「ワンチャン、イルカに触れるかもじゃん？」

「えームリでしょ⁉」

「ワンチャン、ワンチャン」

女子たちがキャピキャピと騒いで一列目に座ってしまい、俺のびしょ濡れが確定した。

「うわっ、マジかよ、一列目⁉」

そこへレインポンチョを四枚買ってくれた関家さんが戻ってきて、驚きの声を上げる。

「あっセンパイ、それポップコーン⁉」

関家さんは、ポンチョの他にポップコーンも二個、手にしていた。

「いいなーとか言ってただろ。はい」

「えっ、あたしまでいいんですか？」

山名さんと共にポップコーンを受け取った月愛は、遠慮して戸惑っている。

「あー、お代は龍斗《りゅうと》からもらったから。お礼は彼氏に言って」

「えっ？」

身に覚えのないことを言われて関家さんを見ると、目配せされて「そういうことか」と思った。

あとで忘れないようにポップコーン代を渡さねば。

「そうなんだ⁉　ありがとー、リュート！　一緒に食べよーー！」

月愛は無邪気に喜んで、俺たちは改めて着席した。

「センパイ、ありがとーー！」

山名さんも嬉《うれ》しそうにポップコーンを口に運ぶ。

「お互い、優しー彼氏でよかったね」

「うふふ、だね〜！」

月愛も照れ臭そうに笑う。

「………………」

なんか、こういうの、すごくダブルデートって感じだ。

ゲーム実況動画視聴が趣味なだけの陰キャな俺が、こんなイケてる人たちと「ダブルデート」できてるなんて、未《いま》だに実感が湧かないけど……くすぐったくて、心がほんのり温かくなる。

俺たちは、四人横並びに座ってイルカショーを観覧した。

ある程度覚悟していた水飛沫《みずしぶき》は、俺の予想を軽く超えてきた。

「キャーッ！」

「ヤバい、ヤバい、ヤバいっ！」

目の前にやってきたイルカが尾びれで猛ラッシュをかけ、女子たちが悲鳴をあげる。一列目に座ってるんだから文句は言えないが、何もここまでというくらい顔が濡れた。レインポンチョを着ていなかったら、間違いなく全身びしょ濡れだっただろう。

さすが大きなスタジアムで客を集めて行うだけあって、イルカたちの息のあったジャンプや遊泳を、音楽や水の演出とマッチさせた見どころ満載のショーは、最後まで客を飽きさせることなく、つつがなく終わった。

「すごい水だったね。大丈夫？」

「うん！　残りのポップコーン、しまっといてよかったぁ」

月愛と話しながら、席を立とうとしていたときだった。

「やーん、濡れちゃったぁ」

月愛の隣の山名さんが、レインポンチョを脱ぎながら艶《なま》めかしい声を上げる。

「えっ、ヤバっ、ニコル！」

月愛がぎょっとしたように山名さんを見る。俺も思わず目を疑った。

山名さんは、上半身ずぶ濡れだった。濡れたブラウスが張りついて肌が透け、身体《からだ》のラインがくっきり浮かび上がっている。それでなくても肩や谷間が全開のセクシーなファッションだったのに、濡れた服がまとわりついている分、水着よりもどエロい格好になっていた。

「ちょっ、お前、なんでそんな濡れてんの⁉　ビニールのやつ着てたのに⁉」

関家さんも驚いている。

「だってぇ、暑かったから、前開けてて……」

山名さんは濡れたブラウスを撫《な》で、寒そうに身をすくめる。

「もうびちょびちょなんだけど……どこか乾かせるとこないかな……？」

頰を紅潮させ、上目遣いで関家さんを見つめる山名さんは、俺の目から見てもエロ可愛かった。こんなことを月愛に言われたら……俺だったら下半身が爆発してしまう。

「あっ、もうこんな時間だもんね！　そろそろ解散しよっか！」

そこで月愛が、思い出したようにスマホを見て提案する。親友をアシストしているつもりなのだろう。

俺たちはそのまま水族館を出て、駅へ向かって歩いた。

「ねぇねぇ、リュート。このあとニコルたちどうすると思う？」

「う、うーん……」

正直、俺が関家さんだったら、二人きりになれる場所に行くと思う。彼女からこれだけ露骨に誘われたら、いくら陰キャ童貞だってガマンできない。

でも、関家さんは浪人生だ。今は大事な時期だし、これから自習室行くって言ってたし……と考えながら、駅までたどり着いて、なんとなく構内へ向かおうとしていたときだった。

「龍斗」

後ろを歩いていた関家さんから声をかけられて、俺は振り向いた。

「はい？」

立ち止まった俺に、関家さんは少し近づいてきて言った。

「俺たち、ここで失礼するわ」

「えっ？　あっ……」

察してしまった。

関家さんの、ちょっと怒ったような真面目な面持ちからも、余裕のなさがうかがえる。

隣の山名さんは、さっきまで彼が着ていたブルゾン的な上着を羽織って、赤い顔をして俯《うつむ》いていた。

「……りょ、了解……です」

あまりの生々しさに、俺まで赤面してしまった。

そうか。この二人、これからするんだ……。

……いいなぁ。

「じゃーまた明日ね、ニコル」

「うん」

月愛と山名さんは手短に別れの挨拶をして、俺たちは解散した。

「……やったね、ニコル」

改めて二人で駅に向かい始めたとき、月愛が俺の腕に両手でつかまり、興奮気味につぶやいた。

「あれって、そういうことだよね？」

「そうだね、たぶん……」

童貞の俺でも、さすがにわかる。あの空気は、おそらくそういうことだろう。

「どこ行くんだろう？　ニコルんち……は服濡れたままずっと電車乗ってなきゃだからしんどいし、無難に渋谷とか？　この近くにもあるのかな？」

何が？　と思ったけど、すぐにラブホテルのことかと気づいた。

「…………」

こういうとき、月愛が「経験済み」な女の子であることを思い出して、ちょっと気持ちが沈んでしまう。

無難に渋谷……。無難に……。ということはつまり、月愛は渋谷のホテルに行ったことがあるのかもしれない。

それからずっと「無難に渋谷」という言葉が、いつまでも頭をぐるぐるして、膨らみかける彼女の過去にまつわる妄想を、モグラ叩《たた》きのように次から次へと叩き潰して、努めて何も考えないようにした。

月愛と交際を始めて丸五ヶ月経《た》ち、彼女の歴代彼氏の中で、最長記録の現役保持者であり続けている。それに伴って、月愛の彼氏としての自信もだいぶついてきた。前みたいに卑屈な思いにとらわれることはもうない。

でも、俺が唯一、彼女の元カレたちに引け目を感じてしまうことがあるとしたら、それはこの……彼女と「していない」という一点に尽きる。

「リュート♡」

月愛が歩きながら、俺の肩にピトッと顔をくっつける。繋《つな》いだ手のぬくもりも、ドキドキと安心をくれる。

月愛はスキンシップが多い。それなのに、未だに「したい」とは言われないから、モヤモヤしてしまうときがある。

さすがにそろそろだろうか？　一ヶ月後にはクリスマスもあるし、初体験のタイミングとしてはまたとない好機だ。

「……ねー、リュート？」

「ん？　どうしたの？」

電車の中で話しかけられて、俺は月愛を見る。

月愛は、ちょっと不服そうな顔をしていた。

「リュートって、あたしと一緒にいるときも、よく考え事してるよね」

「あっ、ごめ……」

「別にいいんだよ。それがリュートなんだと思うし。でも、もし、その考え事があたしにかんすることだったら、その場であたしに言って欲しいなぁ……って、思うんだよ」

そう言う月愛の顔に漂う寂しさに、心が少しズキッとした。

「あたしたち、全然違うじゃん？　だから、この前みたいにすれ違っちゃったりもするわけで……。またそーゆーことにならないためにも、お互いが思ってること、言った方がいいと思うんだ」

月愛に言われて、この間の文化祭のときのことを思い出した。

「そうだね……」

「『言わなくても伝わる関係』って理想だけど、そーゆー人たちも、たぶん最初からそうだったわけじゃないと思うんだよね。まったく同じ人間なんていないんだしさ」

俯きがちに、月愛は話す。

「長い時間一緒にいて、だんだんわかり合って……そーゆー関係になれるんだと思う」

「うん……」

そこで、月愛は顔を上げた。

「あたし、リュートと早くそうなりたい。だから……いっぱい話そ？」

キラキラした大きな瞳で見つめられて、俺は頷《うなず》く。

「わかった。そうだね」

とはいえ、月愛に「早くヤりたい」なんて言うわけにはいかないのであって。

「……今考えてたのは……クリスマスはどうしたらいいんだろうってことなんだけど……」

遠回しに言ってみると、月愛はハッとした顔になる。

「あっ、クリスマス！　そうだよね、もう来月だもんね」

そして、少し恥ずかしそうに微笑《ほほえ》んだ。

「あたしもちょっと考えてたんだけど……リュート、うち来る？」

「えっ⁉」

驚いて、思わず近くの人が振り向くような声を上げてしまった。

月愛の家には、告白して付き合い始めた日……いきなり「シャワー浴びる？」と言われた日以来、行っていない。彼女がしたくなるのを待つつもりでいる以上、あんなことがあった彼女の部屋に、俺から「行きたい」と言うわけにはいかないし、幸いなことに月愛が俺の家と家族を気に入ってくれたので（ちなみにうちの母親も月愛を気に入っている）、勉強会をするときなどは我が家に来るのが慣例になっていたからだ。

「いっ、いいの？」

　おずおずと尋ねる俺に、月愛は微笑んで頷く。

「うん。あたし、頑張ってクリスマスのご馳走《ちそう》作るから、一緒に食べよーよ！　そろそろ、うちのおとーさんたちにもリュートのこと紹介したいなぁって思ってたし」

「あっ……そ、そっか」

　勝手にご家族不在の前提でドキドキしたが、そういうことか。ちょっとガッカリしてしまって申し訳ないけど、家に行けば月愛の部屋で二人きりになる機会はあるだろうし、エッチなこと……とまでは行かなくても、いい雰囲気でイチャイチャすることくらいできるかもしれない。

　そう考えて、改めて鼻息が荒くなった。

　そんな俺に対して、月愛は穏やかな微笑をたたえて、遠くを見つめている。

「……リュートと過ごせれば、今年はクリスマスも寂しくないかも」

「え……？」

「昔、クリスマスは家族みんなで過ごしてたから……この季節が来ると、どうしても思い出しちゃうんだ」

戸惑う俺に、月愛は微笑を浮かべたまま語る。

「サンタさんが家に来て、あたしたちにプレゼントを手渡しでくれたの。嬉《うれ》しかったな」

「す、すごいね……」

そういうサービスを頼んだのだろうか？　手が込んでるな、白河家《しらかわ》……と感心していると、月愛はクスッと笑う。

「おとーさんだったんだけどね、サンタ。小さい頃は、半分信じてた。おかーさんに『その家のお父さんにそっくりなサンタさんが来るんだよ』って言われてたし」

「なるほど……」

「でも、ある年気づいちゃった。サンタさんが穿《は》いてる靴下の柄がね、おとーさんがさっきまで穿いてた靴下と一緒だったの。おかーさんと動物園に行ったとき、あたしと海愛で選んだお土産の、パンダ柄の靴下。洗濯のせいで色褪《いろあ》せてる場所まで同じだった」

「それは……やっちゃったね、お父さん」

「ね〜。でも、ちょっと嬉しかったんだ。サンタさんがおとーさんだってわかって」

笑いながら言った月愛は、そこで再び遠くを見つめるまなざしになる。

日曜の夕方の電車内は、行楽地から帰る人々でほどよく賑《にぎ》わい、刻一刻と暮れていく外の景色とは対照的に、明るい雰囲気が漂っていた。

「あの頃はあたし、おとーさんのこと大好きだったなぁ……。今だって、嫌いになったわけじゃないけど」

その複雑な感情は、彼女の境遇を考えれば推し量ることはできる。

大好きだったお父さんが、お母さんを裏切って浮気《うわき》をしていて。そのことが原因で、家族が離れ離れになってしまったんだ。複雑な気持ちがないはずがない。

「ほんとはクリスマスまでに海愛と仲直りしたかったけど……難しいかな。文化祭も終わっちゃったし」

「友達計画……続けるんだ？」

ためらいながら問う俺に、月愛は深く頷く。

「うん。早く海愛と元通りになりたいもん」

「そっか……」

黒瀬《くろせ》さんに対する複雑な気持ちを抱えながらも、それだけしか言えなくて俯く。

黒瀬さん……月愛の双子の妹で、俺の初恋の相手。当時は俺をフッたのに、今になって……俺に想《おも》いを寄せてくれている女の子。

月愛の「友達計画」が続くとなると……それに協力することになっている俺も、彼女と接する機会が今後もあるということだ。

笑い声がして月愛を見ると、彼女はニンマリした微笑を浮かべていた。

「ニコルはほんとよかったなぁ。今頃、きっともう……だよね⁉」

「あ……ああ、そうだね」

山名さんと関家さんのことを思い出すと、下世話な妄想が膨らむと共に、羨ましくて死にそうになる。

「……あ！」

そこで、俺は思い出した。

「どうしたの、リュート？」

「いや、なんでもない」

ポップコーン代、渡し忘れた。

……まぁ、次に会ったときでいいか。たぶん明日会うし。

自分が幸せの絶頂にいるんだから、永遠に払わなかったとしたって大目に見てくれるかもしれない。

そう思って、特に連絡もしなかった。

「だけど、ふふふ……」

◇

ところが。

翌日の月曜日、始業のチャイムと共に遅刻ギリギリで登校してきた山名さんは、誰が見ても一発でわかるくらい泣き腫らした目をしていた。

「どーしたの、ニコル⁉　ＬＩＮＥも未読だし、心配したんだよ⁉」

休み時間になって、月愛が山名さんの席に駆け寄る。

机に上半身を突っ伏して両手をだらんとさせていた山名さんは、力なく口を開いた。

「……フラれた」

「えっ⁉」

席が近いので聞き耳を立てていた俺は、それを聞いて思わず席を立った。

「ウソでしょ⁉　なんで⁉」

親友の思わぬ発言に、月愛は血相を変えて語気を強める。

「それってニコルのカラダが目当てだったってこと⁉　一度ヤッたら用済みなの⁉」

周りの級友も「なんだなんだ」と注目する中、俺は二人の話を聞くため、取り巻きに紛れて月愛の近くに立つ。

「……違う。ヤッてない」

山名さんは身を起こす元気もないらしく、そのままの体勢で答える。

「あのあと、駅で『しばらく距離を置こう』って言われた……」

「なんで⁉」

「『今は受験に専念したい』って……」

「服は⁉　あんなびちょびちょだったのに！」

「駅ナカのユニクロでセンパイが服買ってくれて、着替えて帰った……」

「…………」

怒りポイントを次々に突破されて、月愛は一瞬呆然《ぼうぜん》とする。

「……で、でもさ。じゃあ、それって『フラれた』わけじゃないよね？　距離を置くんでしょ？」

「……そうだけど……フラれたみたいなもんだよ……。『もうこっちから連絡しないし、くれても返さないし、俺のことは忘れてくれてもいい』って言われた」

「なっ……なんでそんな勝手なこと言うの⁉」

月愛は怒りにわなわな震えるが、赤い目をした山名さんは放心状態だ。

「……あたしがアピりすぎたから、センパイ怒ったのかな？　清楚《せいそ》な子がタイプで、引いちゃったのかも……」

「そんな……！」

「『受験に専念したい』ってのは口実で、ほんとはただ、あたしに冷めたのかもしれない……」

それはきっと、昨晩眠れずに何十回も自問した末に出した、彼女の結論なのだろう。

「そうとしか思えないよ……」

虚《うつ》ろなまなざしで、山名さんは弱々しくつぶやいた。

◇

「聞きましたよ、関家さん。なんで山名さんにあんなことを……」

その日の放課後、俺はいつものように予備校のラウンジで落ち合った関家さんに、開口一番切り出した。

関家さんの様子は、一見いつもと変わらないように見える。だが、よく見ると、その顔には深い疲労の色が表れていた。

もしかすると、眠れなかったのは関家さんも同じなのかもしれない。

「なんでって……お前も見てただろ？　昨日のあいつ。俺とヤることしか考えてなかったじゃん」

自慢かよそれ‼　言ってみてぇ～～～‼

という妬み全開の言葉を呑《の》み込んで、俺は冷静に意見しようと口を開く。

「……願ってもないことでは？　山名さんは関家さんの彼女なんだし」

「普通ならそうだろうけど。俺の今の状況、お前も知ってるだろ」

「まあ……」

おそらく浪人生で受験目前とかいうことを言っているのだろう。

「だいたい予想つくんだよ。一度ヤッたら最後、暇さえありゃお互いの家とかホテルとか入り浸って、猿みたいにまぐわう日々が三ヶ月くらいは続く。んでようやく我に返って人間に戻った頃、俺はもう受験が終わってんだよ。いろんな意味でな」

「はぁ……」

経験したことのない俺には、浦島太郎の竜宮城のような現実味のない話だ。

「お前たちも、最初はそうだっただろ？　あ、付き合ってもう長いんだっけ？」

「えっ？　いっ、いや……」

突如水を向けられて、未経験の俺は焦《あせ》りまくる。

「なんかもう落ち着いてる感じだもんな。安定感があるっていうか」

「いえ、あの……今やっと五ヶ月で」

「ふーん。それでもう落ち着いたんだ？　お前、白河さんが初めての彼女なんだろ？　俺が初めてのときは半年くらい猿だったけどな」

「……それは、えっと……」

ダメだ、これは誤魔化せない……。

そう思ったとき。

「……フーン……。そういうことか」

関家さんが、ニヤッと笑った。

「初々《ういうい》しいねぇ。純愛ってやつ？」

「べ、別にそんなんじゃ……」

結果としてそうなっているだけで、プラトニックが俺の本意というわけじゃない。

「……童貞ですいません……」

首《こうべ》を垂れる俺に、関谷さんはバカにするふうでもなく笑いかける。

「や、いいと思うよ、純愛。俺も山名と……少なくとも受験終わるまでは、そういう感じでよかったんだけどな……」

遠い目をする関家さんに、俺は疑問を感じる。

「山名さんに、そう言えばよかったんじゃないですか？」

「無理だろ。この二週間だって、ろくに会わないし連絡も最小限だし、あいつには相当無理させてたのに。その結果、デートすることになったら暴走してアレだろ？　文化祭で劇的に再会して、盛り上がった流れで、つい付き合う展開になったけど、所詮この状況じゃ無理だったんだよ」

「で、でも、ちゃんと話せば、山名さんだって、関家さんの現状をわかって待っててくれるかもしれないのに……」

「受験が全部終わる三月まで待ってろって？　あと四ヶ月もあるのに？」

「待てるんじゃないですか？　今まで三年間も、別れた関家さんのこと想《おも》ってたわけだし……」

「それは俺が『待ってて』ってお願いしたわけじゃないだろ。付き合ってて待たせるのとは全然違う」

きっぱり言って、関家さんは俯《うつむ》く。

「卒業してから実感してるんだ。高校時代の時間って、それ以降とは密度が違う。ほんと貴重で特別だよ。四ヶ月あったら、全然違う自分になってる。そう思わないか？」

「え……？」

俺は自分の四ヶ月前を思い出した。月愛と付き合って、ちょうど一ヶ月の頃だ。そのあと訪れる波瀾《はらん》の夏の出来事など、これっぽっちも予見していなかった時期だ。

さらに四ヶ月遡れば、俺はただの陰キャKENキッズで、憧れの「白河さん」とお付き合いすることなど、夢に見ることすらおこがましい身分だった。

確かに、四ヶ月ってすごい。

「そんな貴重な四ヶ月を、何もしてやれない俺のために縛りつけておくなんて……申し訳なさすぎる。あいつはいい女だし、他の誰かと自由に青春を楽しむ権利を奪いたくない」

関家さんは、そうつぶやくと深いため息をついた。その表情は、何かに苛立《いらだ》っているようだった。

「俺、今ほんと余裕ないんだ。自分のことでキャパ一杯なのに、そんな俺を待ってる人がいるって状況がしんどくて……耐えられそうにない。さっき、この前の模試の結果が返ってきたんだけど、第一志望の判定は今回もDだったし……」

苛立ちの原因はそれか。

関家さんほど勉強していても届かない志望校ってどこだろう……と、ふと思う。

「っていうか、関家さんってどこの大学目指してるんですか？」

俺が尋ねると、関家さんは渋い顔で横を向いた。

「……どこでもいいよ、ぶっちゃけ。医学部にさえ受かれば」

はい？

「い、医学部⁉　医者になるんですか⁉」

驚く俺に、関家さんは呆《あき》れたような視線を注ぐ。

「お前、ほんと俺に興味ないのな……。俺、いつも医学部コースのテキスト開いてただろうが」

「…………」

そう言われてもピンとこない。観察眼がなさすぎるみたいだ。

「医学部って……」

そういう志望の人は専門の予備校に行くイメージだったけど、K予備校にも医療系のコースはあるし、志望者が在籍していてもおかしくはないのか。

「高校三年間遊んでたやつが、一年で取り返せるくらいの勉強量で到達できるような目標じゃないんだ。それでも、これ以上は親に迷惑かけられないし……どうしても来年受かりたいんだよ」

「そのために……山名さんと距離を置くしかないんですか」

やるせない気持ちで言った俺に、関家さんは小さく頷《うなず》く。

「……今の俺とあいつじゃ、こうするしかなかった」

しばらくの沈黙のあと、関家さんはヤケになったように頭を掻《か》きむしった。

「もーなんなんだよ、あいつ。なんであんなやる気マンマンなの？　処女なのに。昨日だって何度前かがみにさせられたことか」

無理だよ、あんなの、付き合ってたらガマンできないよ……と泣き言のようにつぶやく関家さんに、ようやく同情心が芽生えてくる。

俺とはまったくベクトルの違う悩みだけど、彼にとっては辛《つら》い状況に違いない。

「そりゃ、関家さんのことが大好きだからじゃないですかね……」

慰めのようにそう答えて、なぜかハッとした。

頭の中に、月愛の声が蘇《よみがえ》る。

――大好き、リュート！

月愛は、俺によくそう言ってくれる。その言葉を疑ったことはないし、まぎれもない彼女の本心なのだと思う。

でも。

昨日の山名さんのようなエロエロオーラを、月愛から感じたことは一度もない。

そう考えると、月愛の俺に対する「大好き」は、やはり発展途上なのだと思わざるを得ない。

エッチに誘われないのも当然だ。

「はぁ～……」

心の底から出たため息が、たまたま関家さんとシンクロしてしまった。

「……なんでお前が落ち込んでんだよ」

目が合った関家さんが、おかしそうに笑った。

「じゃあ俺、もう自習室行くわ。次の模試ではB判定にしないと間に合わないからな」

冗談めかして言って、席を立つ。それを見て、俺はふと思い出した。

「あっ、関家さん！」

ポケットに入れていた小銭を手渡すと、関家さんは掌《てのひら》の上を見て眉をひそめる。

「……何これ？　お恵みのつもり？」

「ポップコーン代です。昨日の」

俺が言うと、関家さんの表情がゆるんだ。

「ああ……。お前って、ほんと律儀《りちぎ》だな」

そして、小銭を握った手をアウターのポケットに突っ込んだ。

「サンキュー。これでおでんでも買ってあったまるわ」

そう言って去っていく後ろ姿は、なんだかいつもより小さく見えた。

◇

それから二週間が過ぎ、暦は師走《しわす》に突入した。

近づいてくる期末テストにピリつく教室で、ある日のＬＨＲの議題になったのは「修学旅行のグループ分け」だ。

俺たち二年生は、三月に修学旅行に行く予定だった。一応「学習旅行」という名目になっているため、これから総合科目の時間を使ってグループごとに自由行動の予定を決めたり、訪れる場所の歴史や文化を調べたりする。

「グループの人数は、五人から七人までで、必ず男女混合になるようにしてください。それでは、メンバーを決めてください」

クラス代表の言葉で、席を立ったクラスメイトたちはグループ作りに動き出した。

「リュート！」

月愛に呼ばれて、俺はそちらへ向かう。彼女の元には、すでに山名さんと谷北さんがいた。

「一緒のグループになろー？」

「うん、よろしく」

月愛とは、前から同じグループになろうと話していた。

「伊地知《いじち》くんは？　今日休みなんだっけ？」

「う、うん……」

月愛に訊《き》かれ、俺は谷北さんの様子をうかがいながら頷いた。

イッチーは、あの文化祭以降、体調を崩して学校を休みがちになっていた。登校しているときもぼんやりしていることが多く、昼休みには持参した弁当を半分も食わずに箸をしまってしまう。谷北さんにフラれたことが、かなり後を引いているようだ。

「加島《かしま》くんもいるし、一応うちのグループに入れておけばいいやんな？」

「そーだね。他に行きたいグループあったら、学校来たとき言ってもらお」

月愛と話している谷北さんを見ると、特段罪悪感に苛《さいな》まれている様子もない。俺だったらいたたまれないと思うけど、やっぱりさっぱりした子みたいだ。

「海愛！」

そこで月愛が声を上げ、俺は身構える。

「一緒のグループになろーよ！」

見れば、戸惑い気味な黒瀬さんに、月愛がぐいぐい迫っていた。

「ん……うん……」

他に入るグループの目星もついていないらしく、一人でおろおろしていた黒瀬さんは、硬い表情で頷いた。

「やったぁ！　決まり決まりっ！」

やたら声高にはしゃぎながら、月愛は黒瀬さんの手を引いてこちらへやってくる。テンションの高さは、月愛なりに緊張しているのを誤魔化すためだろうなと思った。

「ってことで、このメンバープラス伊地知くんで、うちのグループはオッケーかな？」

月愛の言葉に、俺たちは頷く。

「仁志名《にしな》くんもいれば、サバゲーメンバーだったのにねー」

「違うクラスだからしょうがないね」

谷北さんに言われて答えた俺は、ふとニッシーに思いを馳《は》せる。

ニッシー、グループ分けは地獄だろうな……。同じクラスに友達がいないから、休み時間のたびにうちのクラスに来てるのに。

とはいえ、俺も人の心配をしている余裕はない。

たまたま目が合った黒瀬さんが、俺にニコッと微笑《ほほえ》みかけてくる。

「………」

何か言うこともできず、俺は笑顔とも苦笑いともつかない微妙な表情になる。

「では、今からグループごとに分かれて作業を始めてもらいまーす」

クラス代表の号令で、俺たちはグループごとに机を寄せ合って座った。

「最初に、班長と副班長を決めてください」

そう言われた瞬間、月愛が手を挙げた。

「はい！　あたし、班長になる！」

そして、隣の席の黒瀬さんを見る。

「で、海愛が副班長でいいよね⁉」

「えっ……⁉」

黒瀬さんは面食《めんく》らって絶句している。

これも月愛の「友達計画」の一環だろう。黒瀬さんと班長・副班長をやることで、距離が縮まることを狙っているに違いない。

だったら月愛に協力しないと……と俺は黒瀬さんを見つめる。

「く、黒瀬さんは、きちんとしてて責任感があるから……副班長に向いてると思うよ。一緒に日直やったときも……手際《てぎわ》よくて助かった」

俺の言葉に、黒瀬さんはほんのり頬を染める。

「じゃあ……わかった、やる」

こうして班長と副班長が決まった頃、再びクラス代表が声を発する。

「班長と副班長は、前に集まってくださーい！　これから、修学旅行までに作成してもらう学習ノートについての説明をしまーす！」

「あっ、集合だって！　海愛、行こう！」

「えっ？　うっ、うん……」

終始戸惑い気味な黒瀬さんは、月愛のペースに巻き込まれるまま、教室の前方へ連れていかれた。

机に残ったのは、俺と山名さんと谷北さんだ。

「はぁ～……修学旅行かぁ」

　山名さんが大きくため息をつくと、谷北さんが彼女を見る。

「ニコるん、あれから『センパイ』と連絡は？」

「取ってないよ。取れるわけないじゃん。これ以上センパイに嫌われたくない」

「あーね。勉強忙しいんだもんね」

「…………」

　そんな関家さんと、ほぼ毎日予備校で顔を合わせている俺は、なんだか山名さんに申し訳ない気になってしまう。

　今なお失恋をこじらせまくっているイッチーと違って、山名さんはだいぶ立ち直ってきた様子だ。

「やっぱセンパイ、あたしじゃ不満だったのかも……。なんかセンパイ、高校に入ってからけっこーモテてたっぽいんだよね。綺麗《きれい》な人といっぱい付き合ってきたんだろうな……。エスコートっていうの？　自然とやってくれて。昔と違って女慣れしてるから、デートのとき実はびっくりした」

　ため息まじりの山名さんの話を聞いて、谷北さんが顔を輝かせる。

「え～いいな、経験豊富な彼氏！　うち、付き合うなら絶対女の子に慣れてる人がいい」

「えーマジ？」

「素敵なデートしてくれそうじゃん！　彼氏にはいろいろリードして欲しいし」

「えーなんかチャラそうで心配になる。慣れてないくらいのが安心じゃね？」

二人の間の机にいて思いっきり女子トークに巻き込まれてしまっている俺は、聞いていないフリをするのも不自然なので、せめて殊勝な顔つきを心がけて傾聴の姿勢を取っていた。

「……あたしは、センパイだったら、童貞のままでもよかったんだけどな」

「それは、ニコるんが『センパイ』を好きになったのが中学のときだからだよ！」

ちょっと不貞腐《ふてくさ》れたような顔でつぶやいた山名さんに、谷北さんがすかさず反論する。

「高二にもなったら、少しイケてる男子はだいたい彼女持ちか、交際経験アリやんな？　未経験の男子には惹《ひ》かれないなー」

つい「未経験」の言葉に心をえぐられそうになるが、大丈夫、俺は彼女持ちだと気持ちを立て直す。

「だって、童貞は『他の女が誰も見向きもしなかった男』って証《あかし》なんだよ？　男が自分の意思でテーソーを守る理由なんかないし。だからやだなー」

グサっと、胸に特大の槍《やり》が刺さった気がした。急すぎてよけられなかった。

「うぅ……」

思わず変な声が漏れてしまったが、大丈夫、大丈夫……。

俺には月愛がいる。月愛はそんな童貞な俺でも好きだと言って付き合っていてくれてるのだし、そのうち……そう遠くない未来に、俺は愛のある童卒ができるはずだ。

「………」

月愛から俺たちの交際の詳細を聞いていると思われる山名さんが、沈黙する俺の心中を察したのか、哀れみの視線を向けてくれている気がする。

「……確かに、女の欲望って、けっこーシャカイテキなとこあるよね。既に他の誰かが持ってたり、欲しがってたりするもんしか欲しくならないっていうか」

山名さんが言うと、谷北さんが大きく頷《うなず》く。

「そーそー。憧れの人が持ってるものは、なんでも良く見えたりして。セレブが持ってるブランドバッグや小物が人気になるのも、そーゆーことだよね」

「ネイルだってそーよ。友達がやってるの見てやりたくなったーって子多いし」

自分の派手に装飾された爪を見ながら、山名さんが語る。

「友達と同じもの食べて、同じもの持って、『それいいよねー』とか『それビミョーだったねー』とか言い合いたいんだよね、女子は。人と共感し合うことが快感だから」

そこで山名さんは、今まで空気と化していた俺を見た。

「その点、男って一匹狼《いっぴきおおかみ》だよね。フロンティア精神ってやつ？　未開の地を求めて旅に出るっていうかさ、まだ他の誰も見たことがないものを見たいって欲望が強いじゃん？」

「ま、まあ……確かに、憧れるけど」

「『俺だけのもの』とか『俺だけが知ってる』って特別感？　優越感？　が大事なんでしょ？　男子は」

「そ、そうだね、普通に……」

そんなの人間なら誰もが当たり前に持っている欲望だと思ってたけど、もしかして女の子の多くにとっては、それはさほど重要なことじゃないのか？

その気づきが新鮮だった。

「『男だから』『女だから』って括《くく》るのあんま好きじゃないけど、でも実際違うんだからしょうがないよね。もちろん、例外はあるにしろ」

「はぁ……」

普通に感心してしまった俺は、ふと疑問に思った。

「……や、山名さんって、今まで関家さんの他に付き合った人いないんだよね？　なんでそんなに恋愛に詳しいの？」

すると、山名さんは「んー」と指先で髪の毛を弄んだ。

「ほら、あたし、どっちかつーとアネゴ系キャラじゃん？　中学の頃から、友達とか後輩からめっちゃ恋愛相談されるんだよね」

確かに、俺も事情を知るまでは、なんとなく恋愛経験豊富そうな人だと思っていた。

「最初はテキトーに相槌《あいづち》打ってただけだけど、いろんな恋バナ聞いてるうちに、段々男女の恋心や欲望の違いがわかってきちゃったんだよね」

そんな彼女が、なまじ男の欲望を心得ていたばかりに、関家さんを誘惑しようとした結果、距離を置かれてしまったというのは、なんというか「策士策に溺れる」って感じだ。

「そーゆー意味で、これから気をつけなきゃいけないのはあんただよ、カシマリュート」

「!?」

急に名指しで注意され、気を抜いていた俺は動揺する。

「ルナに憧れてる女子は多いからね。有名美人女優でも、夫に浮気《うわき》されるスキャンダルが出ることとあるじゃん？　アレは、浮気相手にしてみたら『憧れセレブと同じブランドバッグを持ちたい心理』なのよ」

「な、なんですかそれ……」

「あたしが今名づけた心理。だから、魅力的な彼女を持った男は、実力以上にモテ始めるのよ」

男はブランドバッグなのか……？　女性っておそろしいと思ってしまう。

「でも、当たってるかもー。別に好みじゃない男の人でも『あの人が選んだ男性なら、きっと素敵な人なんだろうな』って、五割増しのイケメンに見えちゃうことあるよね」

「それそれ。それが危険なのよ」

谷北さんの合いの手に、山名さんが身を乗り出す。

「気をつけなさいよね」

鋭い眼光を向けられて、俺は思わずタジタジになる。

「え？　う、うん……」

「この先もし、あんたに近づいてくる女がいても、言っとくけど、その子が意識してるのは、あんた自身じゃなくてルナだから」

「えー、でも、もしかしたら、ほんとに加島くんのことがめっちゃタイプな女子かもしれないじゃん？」

谷北さんが言って、山名さんは腕組みする。

「ルナをまったく知らない女なら、そうかもね。写真とかも見てなくて、彼女の存在も知らないならね」

「ん〜じゃあ、うちの学校の人はムリかー。加島くんを見たら、ルナちのこと考えちゃうもんね」

「『あの白河月愛の彼氏だ』ってね」

「………………」

二人に言われて、俺は押し黙る。

どうやら、俺が思っている以上に、月愛は女子たちの間でもカリスマ的存在らしい。

「……どしたの？　もうすでに言い寄られてる心当たりでもあるの？」

山名さんに軽くにらまれて、俺はハッと我に返った。

「い、いや、別に……」

そのとき、黒瀬さんが俺たちのところへ戻ってきた。胸に抱えていたたくさんのプリント類を、机の上にドサッと置く。

その一枚が床に落ちて、拾おうと手を伸ばした俺は、ほぼ同時にプリントを拾った別の手に、自分の手を重ねてしまった。

「あっ、ごめん」

焦《あせ》って顔を上げると、そこに黒瀬さんの紅潮した顔があった。

「……ううん、わたしこそ、ごめんね」

俺の手に触れた自分の手の甲をそっと撫《な》で、黒瀬さんはプリントを机の上に戻す。

「みんな、プリント見たー？」

そこへ、月愛も帰ってきた。

「まだだよー。今来たところだもん、黒瀬さん」

谷北さんが答えて、人数分あるらしいプリントの束から自分の分を取る。

「うわ、めんど！　こんないろいろ調べて埋めなきゃいけないの～⁉」

「旅行して楽しかったー、でいいじゃんねー」

谷北さんと山名さんが文句を垂れる前で、黒瀬さんは淡々とプリントを揃《そろ》えてメンバーに配る。

「ありがと、海愛！」

椅子に座った月愛が、彼女からプリントを受け取りながら明るく声をかけた。

「……ってかさ、ルナちと黒瀬さんって、いつの間にそんな仲良くなったの？」

そんな二人を見て、谷北さんが不思議そうに口を開く。

「文化祭で、装飾の手伝いに竹井《たけい》先生が来てくれたとき『パンフレット係は大変だったたわよ～』ってぼやいてたから、うまくいってないのかと思って心配してたんだよー？」

それを聞いて、月愛と黒瀬さんの動きが一瞬止まった。お互い相手を意識しつつも、目を合わせることはなく、それぞれ苦笑めいた微笑を浮かべる。

「え〜、そんな問題なかったよ。パンフレットもちゃんとできたし！　ね、リュート？」

「う、うん……」

月愛に同意を求められて頷く。「そんな問題なかった」という表現に、月愛の正直さが出てしまっている。

「そっかー……？　それならよかったけど」

とはいえ、月愛と黒瀬さんの間に漂う微妙な空気を、さすがの谷北さんも読み取っているようで、なんとなくすっきりしない感じでその話題は終わった。

月愛と黒瀬さんの本当の関係を知っていると思われる山名さんは、その場を終始静観していて、俺はさっきの話題のせいか、彼女の視線をどことなく居心地悪く感じ、それから黒瀬さんの方を見ることができなかった。

◇

「……で、今日はどうした？　俺、いろいろあって死にそうなんだよね。知ってるだろ？」

その日の放課後の予備校にて、いつものようにラウンジで軽食をとったあと、関家さんが胡散臭《うさんくさ》げに俺を見て切り出した。

「え……？」

「なんか話したいことあるんだろ？　さっきからずっと上の空だし。食べ終わったゴミも捨てに行かないで時間稼ぎしてるし」

「あっ……」

気づかれていたのか。

自分の中でもあまりよくまとまっていないから、相談していいかどうか考えあぐねていたことに。

「……あの、実は黒瀬さんが」

「出たよ、また。『黒瀬さん』」

呆《あき》れた様子で、関家さんが背もたれに身を預ける。

「黒瀬さんが、どうしたって？」

「修学旅行の班分けで、同じグループになって」

「んで？」

「どうしようって話です」

「はぁ？」

関家さんは盛大に眉間に皺《しわ》を寄せた。

そうだよな。わかってる。俺だって、他人に聞かされたら「はぁ？」でしかない話だ。

「なんか問題あんの？」

「いや……俺の気持ちの問題で」

「気持ち」

「黒瀬さんも、いい子だから」

「何、乗り換えたいの？」

「いやっ！　そんなことは全然思ってなくて」

「じゃあ、彼女とヤる前に黒瀬さんで筆下ろししときたいってことか？」

「ま、まさかっ！」

過激なことを次々言われて、思わず想像して顔が熱くなる。

「……女として見ちゃうんです、黒瀬さんのことは……。手が触れ合ったりしたらドキドキするし……。そういうのは、月愛に対して不誠実じゃないかなって」

そんな俺に、関家さんはさっきから呆れ顔を隠そうともしない。

「お前さぁ……童貞かよ。あ、童貞なのか。すまん」

勝手に自己完結されて「チキショー！」と思いながら、俺は反発することもできずに項《うな》垂《だ》れる。

「しょうがねーだろ、それは。男なんだから。手が触れたらラッキーくらいに思っとけ」

「でも、その子が俺のことを好きだと知ってても？」

「いいじゃん。最高だね。付き合ってからのめんどくささは抜きにして、恋愛初期のドキドキだけ味わえるってことだろ？　男に生まれたからには、やっぱモテたいじゃねーか」

「で、でも、俺は月愛と別れたくないんですよ。このまま仲良くしてても、黒瀬さんに悪いなっていうか……」

「んなことは、こっちの知ったこっちゃないだろうよ」

「だけど……」

黒瀬さんは月愛の妹なのだし……と思っていると、

「まー、龍斗は真面目だからなぁ……」

と関家さんは腕を組む。そして、ふと虚《むな》しさに襲われたような顔になった。

「……っていうかさぁ、今の俺に、そういう相談する？」

「え？」

「それともお前、インド人に『ステーキとすき焼き、どっち食べたらいいと思う？』って話できちゃうタイプ？」

「なんすかそれ……」

インド人……多数派はヒンドゥー教徒……つまり、牛肉を食べちゃいけない人に牛肉の話をする＝《イコール》彼女との連絡を断っている関家さんに恋愛相談をするということか。なんて回りくどさだ。でも、これが関家さんって感じがする。

「いいか？　異性の友達なんてのはな、お前が異性愛者である限り、全員『友達以上、恋人未満』の存在なんだよ」

暴論を言われて、俺は考え込む。

「……い、いや、でも。女の子でも、比較的異性を意識せずにしゃべれる人はいるんですよ」

俺が思い浮かべていたのは、山名さんや谷北さんだ。親しいというほどではないが、普通に……他の人からするとキョドって見えるかもしれないけど、俺的にはまあまあ普通に、話すことができる。

「それは、その子たちがお前にまったく恋愛的な興味を示してないからだろ。知らんけど。試しに想像してみろよ、その子たちが好意全開で接してくる様子を」

「えっ……」

戸惑いながら、言われた通りにしてみようと思う。試しに、山名さん……関家さんを見つめていたときの恋心に溢《あふ》れた彼女の表情は、傍目《はため》に見ても可愛《かわい》かった。あれがもし、俺に向けられたものだとしたら……？

「悪くないだろ？」

「……ま、まぁ」

よりによって関家さんの前で山名さんのことを考えてしまった気まずさから、俺は言葉少なに頷《うなず》いた。

「そーいうことなんだよ。まったくドキドキしない女友達なんていないの。実際に浮気《うわき》するわけじゃないし、自分を好きな子と話すくらい、いいんじゃねーの？　彼女の妹っていう背徳感込みで、そのドキドキ感を楽しむ……のはお前には無理かもしれないけど、別になんも悪いことしてるわけじゃないし、普通にしとけば」

普通に……。

普通とは、一体。

「で、でも。少なくとも、月愛には言っておいた方がいいんじゃないですかね？」

「お前バカか？　彼女になんて言うんだよ。『君の妹と話すとドキドキするんだ』って？　言われた方の身にもなってみろよ。知らない方がいいってこともあるだろ。彼女となんでもかんでも共有するのが誠実さってわけじゃねーだろ」

関家さんの言葉はこの上なく正論に聞こえて、俺はぐうの音も出ない。

「そんなこと言ってたら、この先ずっと彼女以外の子と付き合えねーぞ。彼女がいたって、可愛い女の子と話すくらいいいだろ？　勝手にドキドキしたり、ラッキーって思ったりしとけばいいんだよ。自分の世界も大事にしろ。人生を楽しめ。一生、女友達が一人もできなくていいのか？」

「それは……」

よく、ない、気がする。

のは、なんでだ？

「終わり終わり！　ほら、自習室行くぞ。なんだよ、結局モテ自慢されただけじゃねーか、クソが」

ヤケになったように言うと、関家さんは席を立ってテーブルの上を片付け始める。

そんな彼に倣《なら》いながら、俺は心にすっきりしないものを抱えていた。

「……そんなことよりさ、お前、志望校決まったの？」

「えっ？」

自習室に向かう途中で訊《き》かれて、俺は戸惑う。

「俺、まだ高二ですよ？」

「それでも、もう決めてるやつはいるだろ。受験勉強始めてるのに志望校が一つも決まってないっておかしくない？　張り合いないだろ」

「…………」

確かに……とにかくできる限り頑張ろうとは思っているが、目標が定まっていないので、いまいち手探り感があるのは否《いな》めない。

「勉強するのはもちろん大事だけど、その時間を少し割いてでも、志望校のことは考えておいた方がいいぜ。そうじゃないと行き詰まるから」

「はぁ……」

ちょっとギクッとしたのは、関家さんが言う通り、最近早くも勉強に行き詰まりを感じているところだったからだ。

月愛は俺よりいろんな経験を積んでいて、同い年なのにずっと大人だ。そんな彼女に早く追いつきたくて、受験勉強を始めてみたものの。

全然追いつける気がしない。

早く大人になりたいのに。

俺は未《いま》だに童貞だし、受験勉強だって、現時点でどれくらい目標に近づいているのかもわからない。目標が定まっていないから当然だ。

そんな焦《あせ》りのせいか、毎日のように自習室にいても、気合いだけが空回りしているような錯覚を覚えて、気持ちが萎えてしまうことがある。

そういう俺の内面を、関家さんに読み取られた気がして恥ずかしかった。

「考えてみます……」

とりあえずそれだけ言って、俺は関家さんに続いて自習室の扉をくぐった。

第二・五章　黒瀬海愛の裏日記

最近たまに考える。わたしの幸せはどこにあるんだろう？

もし、加島《かしま》くんがたった一瞬でもわたしのものになってくれたとして……その先、わたしはどうなるの？

加島くんが月愛《るな》を捨てて、代わりにわたしを選んでくれる……そんな未来はあり得ないって、わたしが一番よくわかってる。

たとえ月愛が身を引いてくれたとしたって、加島くんの心に、月愛はずっと残り続けるだろう。

月愛は、女神《ミューズ》だから。

物語のヒロインは、いつだって月愛。

素直で明るくて、誰とでもすぐに打ち解けられて、いつも前向きでくよくよなんかしなくて、友達が多くて……。

昔からずっと、心の奥で、わたしは月愛に憧れていた。

月愛になりたかった。

双子なのに。わたしは月愛と全然違うから。

わたしだって、お母さんのお腹《なか》の中で、何かがほんの少し違っていたら、月愛になれたかもしれないのに。

そう思って、わたしが思う「月愛」を演じ始めたら、いつの間にか「ぶりっこ」って呼ばれるようになってた。

月愛はきっと、わたしの声真似《まね》なんか得意じゃない。

だって月愛は、わたしになりたいと思ったことなんてないだろうから。

わたしだけ。

わたしの方だけがいつも、月愛を強く意識している。

傍《そば》にいないときだって。

人に好かれたいと思ったとき、わたしはいつも月愛のことを考えた。

月愛ならどうするかなって。

でも、高校で月愛と再会したとき、わたしは間違えてしまった。

月愛なら絶対にやらないこと……策略によって他人を陥《おとしい》れるようなことをしてしまった。月愛への嫉妬のために。

そのせいでメッキは脆《もろ》くも剝がれて、わたしは今、本当のわたしとして過ごしているけど。

わたしはずっと、出口のない迷宮をさまよっている。

わたしのハッピーエンドが見えない。

見えなくても、この道を突き進むしかないんだ。

この迷宮に迷い込んだのは、自分の行いのせいなのだから。

でも、本当は。

救い出して欲しい……誰か……。

加島くん。どうかわたしを助けて。

あなたの光で、導いて……。

第二章

総合の授業で修学旅行のグループ活動が始まる日、イッチーが久しぶりに登校してきた。

「……えっ……あれってもしかして……」

「伊地知《いじち》くん……？」

クラスメイトが軽くざわついた。それも無理はない。

イッチーは、激痩せしていた。

目を埋もれさせていた頬の肉が削《そ》ぎ落とされたおかげで、両目の瞳がしっかり確認でき、つり目で糸目な一重《ひとえ》瞼《まぶた》の印象がなくなった。もたついていた制服の腹回りもすっきりして、生地がすとんと下まで落ちている。

つまり、背が高くて骨格ががっちりめなだけの、普通体型の男子高生になっていた。

「イッチー……どうしたんだ⁉」

ただならぬ雰囲気に近寄りがたくて、一限目の総合の授業が始まってから、グループ活動で机を寄せ合ったイッチーに、俺はようやく話しかけることができた。

妖しげなオーラをまとわせて、イッチーは不敵に笑っている。

「気づいたのか？　カッシー。俺がついに『参加キッズ』になったってことに」

「ええっ⁉」

「ウソだろ、イッチー⁉」

いつの間にか隣にいたニッシーも、驚きの声を上げる。

参加キッズとは、KENキッズの中で、KENと一緒に動画配信のためのゲームができるキッズのことだ。イッチーとニッシーはずっとそれを目指してゲームの腕を磨いていたが、そんなキッズは全国にごまんといるわけで、滅多なことで叶《かな》う夢ではない。

「イッチー、谷北《たにきた》さんにフラれて落ち込んでたんじゃ……？」

焦り顔のニッシーに、イッチーは不敵に微笑《ほほえ》みかける。

「確かにそうだった……。だが俺は、ただ落ち込んでいただけではなかった。その悲しみと怒りの気持ちを昇華させるため、ゲームに没頭した……。いつしか俺は、何日も、何週間も、飲まず食わずで建築をしていた」

「さすがに『何週間も』は嘘《うそ》だろ」

「死んでるぞ」

「フフフ……」

「そして、この前六百人クラフト参加者に向けて開かれた採用試験で、世界遺産級の建物を三十分で作り上げたとき、KENから俺にDMが届いたのさ……『採用』ってね」

「なんだって⁉」

「も、もしかして、昨日の配信で紹介された新しい建築キッズの中に……」

「そう。『陽キャゆーすけ』ってのが俺のハンドルネームだ」

わからない人には何を言っているかさっぱりと思うが、イッチーが没頭していたのは「ユアクラフト」というデジタルなレゴブロックゲーム内での建物建築だ。

イッチーはもともとバリバリの理系で数学が大の得意だから、人より建築能力に秀《ひい》でていてもおかしくはない。谷北さんにフラれたことで追い込まれ、極限状態で無心でゲームしたことにより、秘められた才能が開花したということか。

「なんてこった……！」

ニッシーは、出し抜かれたことがショックらしく頭を抱えている。

そんなニッシーを見て、ふと気づいた。

「あれ？　ニッシー、そういえばなんでうちのクラスに？　今、総合の授業中なんだけど……」

「うちのクラスも総合の授業中なんだよおお！」

疑問を口にした俺に、ニッシーは泣きそうな顔で訴える。

「助けてくれよ！　修学旅行のグループ分けで、うちのクラス三十三人だろ？　気づいたら七人グループが四つできてて、余った俺は残りの四人グループに入るしかなかったんだけど、その四人グループが男女二、二で、なんとカップル同士だったんだよ！　ラブラブダブルデート状態にソロモンの俺！　死にてぇ〜〜〜！」

「うわぁ……」

想像を絶する過酷な状況に、思わず増田《ますだ》こうすけ劇場のキャラの顔になった。

「お前らの邪魔はしねーから、机の下にでも置いてくれよ……頼むよ……」

「わ、わかったよ」

幸いにも、これから修学旅行までの総合の時間は、図書室との行き来が許された自由度の高い授業になっている。先生も席を外しがちなので、ニッシー一人くらい紛れ込んでいても誤魔化せるかもしれない。

ちなみに、女子たちは今、図書室へ資料を取りに行っている。

「……っていうかさ、山名《やまな》さんって、相変わらず？」

ふと、ニッシーが周りの様子をうかがいながら、俺に訊《き》いてきた。

これはおそらく「関家《せきや》さんと距離を置いたままか」という意味だろう。

「うん、相変わらずだね」

「そっか。ふーん……」

何気ないそぶりをしているが、目が激しく泳いでいる。ニッシーの片想《かたおも》いは、どうやらまだ続いているらしい。

俺はどちらかと言えば関家さん推しなので、積極的にニッシーの応援はできないけど、友人として温かく見守りたいと思った。

「ただいまー！」

そのとき、月愛《るな》を先頭にして、資料を抱えた女子たちが図書室から帰ってきた。

「あ、仁志名蓮《にしなれん》じゃん」

「なにやってんのー？」

山名さんと月愛に話しかけられ、ニッシーは「ちょ、ちょっとね」とうろたえる。山名さんに名前を呼ばれたことに動揺しているようだ。

「っていうか伊地知くん、うちのグループでよかった？」

月愛に尋ねられ、陽キャゆーすけ、もといイッチー（Ver.2.0）は「……っす」とおどおど頷《うなず》く。中身は以前のイッチーのままのようだ。

「………」

なんとなく気になって谷北さんを確認して、俺は看過できないものを目撃してしまった。

谷北さんは、イッチーをガン見していた。その頰は紅潮し、口元が「はわわ」と震えている。かと思うと、急に羞恥心に襲われたかのように目を瞑《つぶ》り、持ってきた本を顔の前に立てて自分とイッチーの間を隔てる。

「……⁉」

ど、どういうことだ？　自分があれだけ完膚なきまでにフった相手に、この反応は、一体？

そんな俺の疑問は、イッチーが席を外したときに解き明かされた。

「ねぇねぇ、見た？　伊地知くん」

陽キャ女子に囲まれて肩身の狭いイッチーが、みんなを代表して要らなくなった資料を返却しに行く役目を買って出て、ニッシーもついていくと言って二人が教室を出ると、谷北さんが女子たちに興奮気味に話しかけた。

「え、なに？」

「ああ、めっちゃ痩せたよね。ビビったわ」

月愛と山名さんが答える。黒瀬《くろせ》さんは、自分には話しかけられていないものとして、一人資料の本を読んでいた。

「じゃなくて、ヤバくない？　イジュンに激似なんだけど」

誰でしたっけ……？　と月愛を見ると、目が合った彼女は「VTSのメンバー」と口パクで教えてくれた。

そうか、谷北さんが推している韓流アイドルか。

「マジヤバい。動悸《どうき》止まんないんだけど。伊地知くんって、確かイジュンと身長一緒なんだよ？　ほぼイジュンじゃん、そんなの！」

「えっ……そ、そんな似てる？」

「てか、アカリが好きなのはジェミだったんじゃないの？」

月愛と山名さんにツッコまれて、谷北さんは口を尖《とが》らせる。

「ジェミは腐萌《も》え！　うち、イジュンのリア恋ファン《ペン》だから」

「そーですか」

「じゃあ、伊地知くんと付き合えばいーんじゃん？」

月愛に言われて、谷北さんはハニワ顔になる。

「なっ、何言ってるの⁉　そんなことできるわけないじゃん！　うち、文化祭で告ってきた伊地知くんのことボコボコにして一ヶ月不登校にしちゃったんだよ⁉」

あ、その自覚はあったんだ……。あっても、あれくらいのリアクションだったんだ。やっぱりハートの強い子だ。

「しかも『うち伊地知くんのことよく知らないんだけど、顔で好きになれってこと？』とか言っといて、自分も結局顔じゃん！　ダサッ！　ダサい上に恥知らず！　死んでもムリっ！」

谷北さんは顔を覆って、足をバタバタさせる。

気になったので、机の中でスマホを操作して「イジュン」を調べてみた。確かに今のイッチーと似た系統の顔立ちではあるが、写真ごとに髪色も髪型も違うし、メイクもしているし、正直よくわからなかった。

まぁ、ファンが「激似」と言っているんだから、似ているのだろう。

「だから絶対ムリっ！　絶対本人に言わないで！」

「え〜もったいない〜！　伊地知くんもまだアカリのこと好きかもしれないんだから、言ったらワンチャン付き合えるのに」

「てか、激痩せするほどアカリにフラれたのがショックだったってことでしょ？　絶対引きずってるよね」

月愛と山名さんが言うが、谷北さんは頑《かたく》なに首を振る。

「ない。ないから。あんなこと言っといてうちから告白とか、絶対ない」

そして、ふと俺の方を見る。

「加島《かしま》くんも、伊地知くんに絶対言わないでよ。言ったらコロスからね」

何もしていないのに怖い顔で脅されて、俺は内心「ヒェッ」と震え上がる。

「も、もちろんです……！」

イッチーはイッチーで参加キッズになって舞い上がっているし、この二人のことは今は放っておくしかないだろうと思った。

ただ、一点、俺にはどうしても確認しておきたいことがあった。

「でも……あの、谷北さん？」

「ん？」

珍しく俺から話しかけられて不思議そうな彼女に、俺は告げた。

「イッチーは、童貞だよ？」

谷北さんの眉間に、大きな皺《しわ》が寄る。

「……だから？」

「えっ？」

この前、山名さんにあんなことを言っていたではないか……と思う俺に、谷北さんは険しい顔のまま口を開く。

「加島くん。女を理屈抜きに発情させる、ほとんど唯一にして最強のスイッチを教えてあげる」

ただならぬ気迫に息を呑《の》む俺に、谷北さんは言う。

「それはね、『見た目が圧倒的にタイプ』ってこと」

「…………」

「その事実の前では、他のあらゆる条件は二の次になるんだよ」

「…………」

なんという身も蓋もなさだ。

あまりの回答に、清々《すがすが》しささえ覚える。

唖然《あぜん》とした俺は、堂々とした佇《たたず》まいでこちらを見つめる谷北さんに対し、ここから継ぐ二の句を持っていなかったのだった。

◇

総合の授業は、その翌週も同じような感じで、ニッシーもまた、同じようにうちのクラスに紛れ込んだ。

ほぼ自習のようなものなので、居眠りやサボりなど、なんでもアリな時間になってしまっている。KENから新たな建築の宿題をもらったというイッチーは、連日の寝不足から、机を寄せ合うとすぐに寝てしまった。予備校と学校のテスト勉強で夜更《よふ》かしがちな俺も、つられてつい居眠りしてしまった。

ふと目を覚ましたときには、授業開始から三十分ほど経《た》っていた。月愛は席におらず、黒瀬さんや谷北さんの姿もない。きっと一緒に図書室へ行ったのだろう。

うちの班の席にいたのは、山名さんとニッシーと、爆睡中のイッチーだけだ。ニッシーは谷北さんの席に座り、山名さんと何をするでもなく向かい合っている。ちょうど話題が途切れて、手持ち無沙汰な沈黙が流れていたときのようだった。

二人は、まだ俺が覚醒したことに気づいていない。なんとなくそうした方がいい気がして、俺は再び机に顔を伏せて、視線だけを二人に向けた。

「……そ、そういえばさ」

ニッシーが口を開いた。

あのニッシーが……俺たち三人の中でもダントツで思春期の自意識をこじらせていそうなニッシーが、自分から女の子に話しかけるなんて。俺はひそかに感動した。

「俺たちって、お互い苗字《みょうじ》に『名』がついてるよね」

一瞬「は？」と思ったが、仁志名と山名……言われてみればそうだ。今までまったく気にしたことがなかった。

「そーだね」

山名さんは、だるそうに頬杖《ほおづえ》をついたまま答えた。特にニッシーの前だから不機嫌なのではなく、授業中の彼女はいつもこんな感じだ。

「それがどーした？」

尋ね返され、ニッシーは少し焦《あせ》る。

「や、別に……ただ、なんかあるのかなって」

「なんかって？」

「いやっ、あの……なんか……」

ニッシーはしどろもどろになりながら、懸命に声を押し出す。

「う、運命、的な？」

言った……。

これはさすがに、山名さんもニッシーの気持ちに気づくのではないか。

そう思って固唾を呑んでいると、山名さんは頬杖の姿勢を崩すことなくニッシーに向かって口を開く。

「もしかして、口説いてるつもり？　あんたには十年早いよ」

俺だったら心の折れる返答だけど、ニッシーはめげなかった。

「そうかもしれないけどさ」

食い下がるように言って、山名さんを見つめる。

「何かしなきゃ、何もできないままじゃん」

俺の頭の中で、ポロシャツ姿の男二人組が「あたりまえ体操〜」と歌い踊り出したが、山名さんには何か響くものがあったらしく、その頰にわずかな赤みが差した。

「……あたし、彼氏いるんだけど」

「知ってる」

ぶっきらぼうな山名さんの言葉に、ニッシーもぶすっとした口調で答える。

「でも、連絡取れないいんだろ？　受験終わるまで」

頰杖が外れて、山名さんは真面目な面持ちでニッシーを見る。

「……あんたが、センパイの代わりになってくれるっての？」

ニッシーは、緊張した様子でこくこく頷《うなず》いた。

「が、頑張るよ」

そんなニッシーを、山名さんはジト目で胡散臭《うさんくさ》げに見る。

「断言しとく。ぜーったい無理だね」

「わかんないだろっ！」

ムキになったように声を上げ、ニッシーは言い返す。かと思うと、教室のドアの方を見て、急に机の下に入った。

やってきたのは、月愛と黒瀬さんと谷北さんだ。きっと、ニッシーは先生が帰ってきたと思って反射的に隠れたのだろう。

「ただいまー」

「ねールナー、こいつら全然起きないんだけど。叩《たた》き起こす？　今日なんもやってねーじゃん」

山名さんが月愛に訴える。「こいつら」とは俺とイッチーのことだろう。

とっさに開けていた薄目を閉じて、寝ているフリをしてしまった。さっきから起きていてニッシーと山名さんのやりとりを聞いていたことに気づかれないためだ。

「いいよ。疲れてるんだね、きっと」

笑いながら月愛が席に着いたのを、物音から察する。

「リュート、最近、勉強忙しいみたい。あんまり寝てないんじゃないかな？　リュートの分は、あたしがやるから」

思いやりに満ちた月愛の声に、思わずじんとしてしまう。

「じゃあ、伊地知くんの分はうちがやる！」

谷北さんも、ウキウキと言う。

「てか寝顔もイジュンなんだけどー！　撮りたい！　先生まだ来ないかな？　スマホ出していいと思う？」

「あはは、それ盗撮だよ、アカリ〜」

「つか、なんでアイドルの寝顔知ってんのよ？」

「メンバーがよく楽屋の動画アップしてくれるからー」

谷北さんが、月愛と山名さんに答える。

青春してるな、と思った。

みんな、誰かに想《おも》いを寄せている。

たとえそれが、一方通行なものだとしても。

そんなことを思いながら薄目を開けた俺は、目が合った相手に驚いて再び目を閉じる。

俺を見つめて静かな微笑をたたえていた黒瀬さんの姿が、しばらくの間、瞼《まぶた》の裏側に灼《や》きついて離れなかった。

◇

ある日の予備校の帰り道。テスト勉強をしていて、すっかり暗くなった道を駅に向かって歩いていると、後ろから声をかけられた。

「加島くん」

ドキッとした。振り向く前から、それが誰かわかったからだ。

「黒瀬さん……。授業終わったの？」

隣に並んだ黒瀬さんは、微笑《ほほえ》んで俺を見た。

「ううん、自習室。テスト勉強してたら遅くなっちゃった」

「ああ、俺も。来週テストだもんね」

「ね～。キノ。さんの新作も見たいし、見たい動画がどんどん溜《た》まってくよー」

「動画っていえば、この前黒瀬さんにオススメしてもらったの見たんだけど」

「えっ、ほんと⁉」

そうしてゲーム実況動画の話題になり、俺たちは夢中で話しながら帰路を共にした。

「そういえば、加島くんが言ってたから、この前、久しぶりにKENさんの人狼《じんろう》見たよ」

「ああ、どうだった？」

「面白かった！　ＫＥＮさんより人狼上手《うま》い人はそこそこいるかもしれないけど、ＫＥＮさんほど面白い動画を上げてくれる人って、なかなかいないよね」

「マジ？」

人狼ガチ勢の黒瀬さんに言われると、自分が褒められたかのように嬉《うれ》しくなってしまう。

「じゃあ、よかったらユアクラの動画も見てみてよ」

「ああ、伊地知くんが出演してるんでしょ？　この前話してるの聞こえたよ」

「そうそう。新規勢が出てきた回からなら入りやすいと思うし」

「そうだね。じゃあ、タイトル教えて」

「うん……ちょっと待って、探すから。うわ、もうこんな前か。ＫＥＮ動画上げすぎだろ」

そんなこんなで、あっという間にK駅に着いてしまった。

「黒瀬さん、今日は自転車？」

駅前ロータリーで尋ねると、黒瀬さんは少し視線を泳がせて、首を振った。

「ううん。歩き」

「そっか……」

迷ったのは、この前彼女を家に送ったときのことを思い出したからだ。たまたま黒瀬さんの家の前で待っていた月愛と鉢合わせて、彼女に不信感を与えてしまった。

でも、時刻はもう二十二時前だ。友達とはいえ女の子を一人で帰すなんて、男としてどうなんだという気になる。

瞬時に悩んで、俺が出した結論は……。

「……俺の家、こっちの道からも帰れるんだ。大通りを曲がって、その先にあるコンビニのところまで、一緒に行こう」

それなら、あくまでも「たまたま行き合ったクラスメイトと途中まで帰り道を共にした」という公明正大な理由で、彼女を途中まで送れる。

「……うん、ありがとう」

黒瀬さんは、少し寂しそうな顔をしてから、頬を赤らめて言った。

「……前のときはごめんね。あのあと、月愛に怒られたよね？」

歩き出してから、黒瀬さんがそんなことを尋ねてきた。

月愛と鉢合わせたときのことを言っているのだろう。

「ああ……いや、怒ってはいなかったよ」

「そうなの？」

黒瀬さんは意外そうな顔をする。

「月愛、友達とかには滅多に怒らないけど、わたしの前では怒るとめっちゃ怖いんだよ。だから、加島くんにはそういう面も見せてるのかと思った」

「え？　い、いや……。そうなんだね」

月愛の怒ったところ……甘えるように拗《す》ねたり、ヤキモチを妬《や》いたりと、いつもより感情を顕《あら》わにする彼女は幾度か見たことがあるけれども、怒りを露骨にぶつけてくるような場面は想像もできない。

「やっぱり、彼氏と妹は違うのかな」

遠い日の思い出を辿《たど》るように、黒瀬さんはそっと目を細める。

「わたしたち、一番の親友で、一番のライバルだったから。……少なくとも、わたしはそう思ってた」

「……白河《しらかわ》さんは、どんなときに怒るの？」

俺が尋ねると、黒瀬さんは視線を遠くへ投げかける。

「月愛が今までで一番怒ったのは、『チーちゃん』事件のときかな」

そう言って、小さく微笑んだ。

「『チーちゃん』は、猫のぬいぐるみなんだ。小さい頃、わたしが伯母さんと遊びに行ったときに、ショッピングモールでちょっと見てたら、伯母さんが買ってくれたの」

大通りの広い歩道を、俺たちは並んで歩いていた。街灯に照らされる足元を見つめながら、黒瀬さんは語った。

「でもわたし、ぬいぐるみとかってあんまり興味なかったんだ。だから家に持ち帰ってほったらかしにしてたら、月愛が『このぬいぐるみもらっていい？』って言うから、いいよって言って、そしたら月愛が『チーちゃん』って名前つけて、リボン巻いたりハンカチでお洋服作って着せたりして可愛《かわい》がり始めたの」

そんな子ども時代の月愛を想像したら、可愛くて微笑ましくて、胸がきゅんとした。

「それ見てたら、なんかチーちゃんがすごく可愛く思えて、惜しくなっちゃったのよね。だから、月愛がチーちゃんとお出かけしようとしてるときに『やっぱりチーちゃん返して』って言ったら、すっごい怒って、『ダメ！』って叩かれたの。まだ六歳とかそのくらいのときだったけど、鮮明に覚えてる。あのときの月愛、すっごく怖かったから」

黒瀬さんは軽く唇を噛《か》んで、俯《うつむ》いた。

「今考えれば、わたしが悪かったと思うよ。でも、そんな怒らなくてもいいのにって、そのときは大泣きした」

薄く微苦笑して、黒瀬さんは顔を上げる。その視線の先には、夜空の低いところに浮かぶ三日月があった。

「……わたし、月愛に憧れてたんだよね。だから、月愛に愛されてるものが欲しかった。別に、チーちゃんじゃなくてもよかったのかもしれない」

そして、黙って聞いていた俺に笑いかける。

「わたしたち、ほんと似てないでしょ？」

「う、うん……」

「可愛い見た目があったからって、それだけで人気者になれるわけじゃない。月愛は月愛だから、人に愛されるんだ。それは月愛の才能なんだよ」

黒瀬さんは、月愛の話題になるとよく喋《しゃべ》る。ゲーム実況のことではお互い同じくらいの会話占有率だけど、月愛については、彼女の方が圧倒的に情報量を持っているからだろう。

そして、それを喋りたくて仕方ないのだろうと思った。

そうだ。

黒瀬さんは、月愛のことが大好きなんだ。今でも。

誰かにこんなに語りたくなるほどに。

「月愛が羨ましい……。わたしには、人に好かれる才能がなかった」

月を見つめてそう言う横顔が、彼女の気持ちを物語っていてせつない。

綺麗《きれい》な子だと思う。昔から、ずっと。

この横顔に、死ぬほど焦がれていた。一縷《いちる》の望みを抱いて想いを打ち明けて、儚《はかな》く散ったのは四年前のこと。

「……そんなことないよ。中一の頃から、黒瀬さんは人気者だったし」

当時のことを思い出し、喉の奥に苦味を覚えつつ、俺は言った。

あの失恋がなかったら、今の俺はいない。

あのときみたいにどうせフラれると覚悟していたから、無謀な片想いを早めに終わらせようと、月愛に告白することができた。

現在は、過去と地続きだ。

俺は「経験ゼロ」だけど、恋愛したことがないわけじゃなかった。

誰かを好きになって、その想いが葬《ほうむ》られるまでを「恋」と呼ぶなら、俺は立派に恋していた。

俺の初めての恋は、君にあげたんだ。

君にとっては、いらないものだったかもしれないけど。

それでも俺は、君に恋したことを後悔していない。

「……中一の頃、ね」

俺の言葉を噛み締めるように、黒瀬さんは小さくつぶやいた。

「あの頃のわたしは、嘘《うそ》だらけだったよ」

自嘲気味に笑って、黒瀬さんは俺を見る。

「あれは『月愛みたいな女の子を演じてたわたし』なんだよ。だから、加島くんが好きになったのは、やっぱり月愛なんだね」

「……いや」

俺は首を振った。

「黒瀬さんは、黒瀬さんだよ」

黒瀬さんは、あの頃から月愛とは全然違った。

黒瀬さんの黒瀬さんらしさが、俺は好きだった。

「だから……本当の黒瀬さんがどんな子かわかれば、この先きっと、たくさんの人が黒瀬さんを愛してくれると思う」

だが、黒瀬さんの表情は冴《さ》えない。

「たくさんの人……ね」

寂しげな微笑をたたえてつぶやいた黒瀬さんは、遠い目をして月を見る。

「……やっぱり、あの月には敵《かな》わないか」

そのとき、俺は気づいてしまった。

彼女の本音に。

――わたしが、勝手に好きなだけ。

体育祭の日、屋上で黒瀬さんが言ったあの言葉に隠されていた、彼女の本当の気持ちがわかった気がした。

あの日から、ずっと疑問だったんだ。

俺に月愛と別れる気はない、そのことを充分わかっているはずの黒瀬さんが、どうして俺のことを「勝手に好き」でいてくれるのか。

文化祭でイッチーが谷北さんに告白したとき、谷北さんはこんなふうに言っていた。

――告白はゲームじゃないんだよ。確率十分の一のガチャなら十回回せば一回当たるけど、同じ相手に同じタイミングで十回告っても、一回だけオーケーなんてことはないんだよ。ダメなときは絶対にダメなの。しかも現実世界はリセマラできないし。

――好きな気持ちを、そのまま好きな人に押しつけないのも愛なんじゃないの？

あのとき俺は、黒瀬さんのことを考えた。

黒瀬さんが、俺のことをそれほどまでに想《おも》ってくれているのかと思って、動揺した。

そうじゃなかった。

黒瀬さんはただ、望むものが出ないとわかっているガチャを回さなかっただけだ。

そして、何かの弾みで偶然起きるかもしれないバグを待っていた。

俺が、月愛ではなく黒瀬さんを選ぶバグを。

きっと苦しかったはずだ。

今まで俺は、月愛との関係のことばかり考えて、自分と黒瀬さんとの付き合いについて悩んでいた。

俺が、最初から黒瀬さんの気持ちに真に寄り添っていたら、自分が取るべき道にもっと早く気づけていたかもしれないのに。

そのことが、申し訳ない。

——自分の世界も大事にしろ。人生を楽しめ。一生、女友達が一人もできなくていいのか？

関家さんには、ああ言われたけど。

物事には、順序があると思う。

そもそも、月愛と付き合うまで、俺には女友達なんて一人もいなかった。女の子と話すことすら稀《まれ》だった。

全部、月愛が始まりだった。

月愛と付き合うようになったから、新たな世界が開けていった。

月愛がいなければ、再会した黒瀬さんと仲良くなることもなかった。山名さんや谷北さんとだって、一言も会話することなくクラス替えになっただろう。

全部、月愛がいたからだ。

俺にとって、何より大事なのは月愛。

だから、月愛を失うくらいだったら、他に親しい女の子なんていらない。

俺は関家さんとは違う。女友達なんて概念、俺の世界には最初から存在しなかったものなんだ。

だから、これこそが、俺らしい選択なのだと思う。

「……ごめん、黒瀬さん」

しばらくの無言の後にそう言った俺を、黒瀬さんは怪訝《けげん》そうに見る。

「俺たち、きっともう、二人で話さない方がいいね」

黒瀬さんの目が見開かれ、表情が凍りつく。

「黒瀬さんは素敵な女の子だし、趣味も合って……話してると楽しかったんだ。だから……今まで本当にごめん」

俺は黒瀬さんの顔を見ずに、訥々《とつとつ》と告げた。

「時間が経《た》って……いつか、もう一度、友達になれる日が来たら……また黒瀬さんと話したい」

勝手な言い分だってわかってる。一方的にこんなことを言う男となんて、もう二度と友達になってくれないかもしれない。その可能性の方が高いと思う。

それでも、この道を選ぶしかない。

「短い間だったけど、数少ない俺の友達になってくれて、ありがとう」

再び見た黒瀬さんの表情は、意外にもやわらかかった。

「……こちらこそ」

まるでこうなる日が来るのを覚悟していたかのように、黒瀬さんは静かに微笑《ほほえ》んでいた。

いつの間にか、俺たちは分かれ道のコンビニに着いていた。

「じゃあ……」

自分で言った手前、それ以上話を引き延ばす方法も思いつかず、俺はその場を立ち去ろうとする。

「加島くん」

そこで黒瀬さんに呼び止められた。

「最後に、訊《き》いてもいいかな?」

振り返った俺に、黒瀬さんは薄く微笑みながら言う。

「中一のとき、どうしてわたしを好きになってくれたの？」

「えっ……」

そんなことを訊かれるとは思ってなかったので、戸惑って言葉が出なかった。

黒瀬さんに恋していた頃の記憶が蘇《よみがえ》る。隣の席から聞こえてくる物音、息遣い、話し声……彼女の一挙手一投足にドキドキしていた、あの頃の。

美少女なのに、俺にも優しくしてくれて。俺のこと好きなのかなって思ったから。

好きになるなというのが無理な話だった。

「……可愛《かわい》かったから」

いくら考えても気の利《き》いた答えが思いつかず、そう言うしかなかった。

「そう」

黒瀬さんは、ほんの少し眉根を寄せて微笑した。

「……俺も訊いていい？」

そんな彼女に、俺も気になっていた問いをぶつけてみる。

「どうして、昔フった俺を、今になって良いと思ってくれたのかな……」

黒瀬さんが月愛の悪い噂《うわさ》を流したとき、彼女の話を聞いて、親身になって説教してくれたことで、黒瀬さんは俺を好きになったと言っていた。

でも、本当にそれだけなのだろうか？　それだけで、一度フラれても想い続けるようなことができるのだろうか。

彼女の心の奥にある、飾らない気持ちが知りたかった。

「…………」

黒瀬さんは俺をじっと見つめて、ふっと力を抜くように笑った。

「昔……加島くんと出会った頃のわたしにとって、人に好かれることがなによりも大事だった。お父さんに選んでもらえなかったと思ってたわたしの、心の拠《よ》り所《どころ》だったから」

それは、以前にも聞いた話のような気がする。

「男の子に好かれるってことは、恋愛感情を向けさせることでしょう？　誰でもよかったの。一人でも多くの男の子に好きになってもらいたかった。告白されると、ほっとした。加島くんをフったのは、誰とも付き合うつもりがなかったから。わたしが人を好きになることは重要なことじゃなかったし、誰か一人と付き合ったら、他の人からモテなくなるし」

彼女の話を、俺は黙って聞いていた。

「今になって加島くんを好きになったのは……そんな自分が嫌になったから。もう人に好かれるのは無理だと思ったし。彼氏がいても、みんなに好かれてる月愛が羨ましくて仕方なかった。加島くんが、わたしより月愛を信じたのも悔しかった。昔はわたしのものだったのに……あのとき、わたしが手を伸ばしてさえいれば……。もしそうしていたら、この優しさはすべて……今はほとんど月愛に向けられてる……それでも時々わたしに見せてくれる……加島くんの優しさは、全部残らずわたしのものだったのに」

唇を噛《か》んで、黒瀬さんは俯《うつむ》きがちにつぶやく。

「……そう思ったら、加島くんで頭がいっぱいになってた」

俺が無言のままでいると、黒瀬さんは顔を上げて俺を見た。

「ばかみたいでしょ。自分でもわかってる」

無理矢理のような笑顔を見せて、黒瀬さんは俺に背を向ける。

「じゃあ、もう行くね。バイバイ」

「ああ、うん……」

去っていく後ろ姿を見ながら、俺は思った。

ああ、そうか。

もしかしたら、俺は「チーちゃん」だったのかもしれない。

──この先もし、あんたに近づいてくる女がいても、言っとくけど、その子が意識しているのは、あんた自身じゃなくてルナだから。

先日の山名さんの言葉を思い出す。

黒瀬さんは、月愛に憧れていたから。

──別に好みじゃない男の人でも『あの人が選んだ男性なら、きっと素敵な人なんだろうな』って、五割増しのイケメンに見えちゃうことあるよね。

谷北さんが言っていたように、そういう心理が働いたのかもしれない。

ほっとするような、がっかりするような、複雑な気持ちだった。

こちらを一度も振り向かずに、黒瀬さんは俺からどんどん遠ざかっていく。

黒瀬さんが見ていたのは、俺じゃなくて月愛だった。

だったら、彼女の本当の幸せは、月愛ともう一度絆《きずな》を取り戻せた先にあるのではないだろうか？

「……なんて、考えすぎかな、俺」

童貞な俺には、いくら想像を巡らせたところで真実などわかりっこないだろうし。

今はただ、このまま月愛の計画が進んで、二人が早く元通りの関係になれることを祈ろう。

俺にできることは、もうないのだから。

そう思っている間にも、黒瀬さんの姿はどんどん小さくなっていく。

黒瀬さんが歩いているのは、彼女の自宅へ続く最後の道だった。何百メートルも延びた裏通りで、確かマンションの手前にはさびれた神社があって、物騒な雰囲気の漂っている細い道だ。

黒瀬さんはそろそろ神社を通り過ぎるところで、自宅マンションへはもう少しだ。

その姿を見届けて、俺も帰宅しようと思っていたとき。

もう豆粒ほどの大きさの黒瀬さんの後ろに、突然別の人影が現れ、彼女の方へ向かった。

何か胸騒ぎがして見守っていると……ややあって、人の叫び声が聞こえてくる。

それは遠くから発せられた悲鳴で、俺が今いる大通りにいる人たちは、誰も気に留めないほど小さなものだったけれども。

さっきの人影を目撃した俺は、気になってダッシュした。黒瀬さんの姿はもう見えない。

あの悲鳴は気のせいで、彼女はもうマンションまでたどり着いたのだろうか……。

そうであってほしい。

期待を込めて思いながら、神社の入り口を横切ろうとした瞬間。

「……!?」

目の前に、黒い人影が飛び出してきた。

「うわっ⁉」

驚いて飛び退《の》くと、男と思われるその人物は俺の背後へ駆け抜けていく。

「…………」

黒瀬さんじゃなかった。

彼女の姿を探して、辺りを見回すと……。

「黒瀬さん⁉」

神社の敷地内に、黒瀬さんが倒れていた。

「大丈夫……⁉」

近づいて声をかけると、黒瀬さんはよろめきながら身を起こす。

「加島く……ん……？」

「どうしたの、黒瀬さん……」

「……知らない男に襲われて……」

そう言う黒瀬さんは、真っ青な顔をして、ガタガタ震えていた。

さっき俺の前に飛び出してきた人影が、きっとその男だ。

「叫んだら、突き飛ばされた……」

そんな彼女を残して立ち去るわけにもいかないので、肩を貸して立ち上がらせる。

不審な男はもうとっくに走り去ったあとで、俺は黒瀬さんを連れて、近くの交番へ向かった。

「ああ、痴漢？　あそこの神社は出るんだよねぇ」

「大変でしたね。あちらの部屋でお話を聞かせてください」

二人のおまわりさんが出てきて、震える黒瀬さんを奥の部屋へ誘《いざな》う。

「君は？　友達？」

年配のおまわりさんに尋ねられて、俺は固まる。

友達……ではないんだ。もう、俺たちは。

「いえ……同級生です。通りかかったので」

そんな俺の反応から何を感じたのか、おまわりさんは急によそよそしくなる。

「あっ、そう。じゃあ、あとは我々に任せて。君も帰らないと親御さんが心配するでしょ」

「あ、はい……」

交番の引き戸が閉められ、俺はその場を立ち去るしかなくなって、歩き出す。

交番のある大通りは明るくて、車の往来も多い。仕事帰りの大人たちが歩道を足早に歩き、のろのろ歩きの俺を追い抜いていく。

前までの俺だったら、きっと黒瀬さんをこんな目に遭わせずにすんだ。彼女を家まで送っていったと思うから。

でも、俺はこうする道を選んだんだ。

そう思っても、胸に重りのような後悔がつかえて、もやもやする。

どうしたらいいんだろう、俺は……。

ズボンのポケットに両手を突っ込み、しばらくぼんやり歩いていた俺は、自宅マンションが見えてきたところで立ち止まった。

スマホを取り出して、月愛に電話をかける。

五コール目で、通話が開始した。

「もしもし、リュート？　リュートがいきなり電話くれるの珍しい！　わーい！」

月愛の明るい声を聞いたら、急に安心して笑みが溢《あふ》れた。

「もしもし、月愛……」

「ん？」

「って、お母さんに連絡取れる？」

俺の問いに、月愛は面食《めんく》らった様子だ。

「えっ、お母さん？　って、あたしのおかーさんのこと？」

「うん……」

一瞬ためらって、俺は言った。

「黒瀬さんが、さっき痴漢されて、今交番にいる。保護者の人に、彼女を迎えに来てあげて欲しいんだ」

いずれ本人か警察が連絡するだろうし、俺からこんなことを言う必要はないのかもしれない。

ただ。

自分は何も悪くないのに、見知らぬ他人によって突然心身を痛めつけられ……今、警察官の前で、一人心細い思いをしているだろう黒瀬さんに、友達ですらない俺がしてあげられることは、もうこれくらいしかなかった。

友達をやめたって、俺たちはクラスメイトだ。人として何かしてあげたい気持ちまでは否定したくなかった。

それに、俺は月愛にも話さなければいけない。

この胸のもやもやを晴らすには、それしかなさそうだった。

「え、海愛《まりあ》が⁉　う、うん、わかった……連絡してみる……」

月愛は、戸惑いながらもそう言ってくれた。

「てかリュート、海愛と一緒にいたの？」

「そのことなんだけど……今から少し会えないかな？　家の近くまで行くから」

返事がない。

「……月愛？」

聞こえていないのかなと思って尋ねると、ようやく反応が返ってきた。

「あっ、うん……わかった」

その声は、なぜか暗く沈んでいた。

◇

俺たちは、月愛の家から五十メートルほどの場所にあるコンビニで待ち合わせをした。

家の前から月愛が歩いて来るのが見える。

部屋着の上にコートを羽織った月愛は、思い詰めた表情をしていた。

「どうしたの？　こんな時間に……。どうしても今日話さなきゃいけないことなんだよね？」

俺の元にやってきた月愛は、開口一番にそう言った。

「……うん、実は……」

俺が話し出そうとしたときだった。

月愛の両目から涙が溢れた。

「ど、どうしたの⁉」

「ムリ」

焦《あせ》る俺を突き放すように手で押しのけ、月愛は指先で涙を拭う。

「ほんとにムリ……しかも海愛なんでしょ？　耐えられないよ……」

「何が？　俺が言いたいのは……」

「やだっ！」

月愛は駄々っ子のように首を振る。

「聞かないからね、あたし……。まだなにも聞いてないし、ここにも呼び出されなかったことにするから……」

「何を言って……」

「浮気《うわき》、したんでしょ？　海愛と……。リュートのことだから、浮気じゃないよね、そういうの『心変わり』っていうんだよね」

「ちが……」

「全然いいから！」

俺の言葉を遮って、月愛は泣きながら必死に訴える。

「リュートなら、浮気くらい許すから……！　しばらく連絡取らないから、だから落ち着いて考えてみて。別れるなんて言わないで……あたしのところに戻ってきてよ……」

「違うんだ、月愛」

「じゃあね……」

身を翻《ひるがえ》す彼女の姿が、スローモーションのように見えた。

呼び止めたいのに、声が出ない。

月愛はもう、歩き出している。

「待っ……」

叫ぼうとした声が、喉元で凍った。

シューティングゲームをプレイするＫＥＮの、迷いのない素早い射撃に、ずっと憧れていた。

俺は優柔不断で、それはゲームの中でも同じだったから。

どの敵から狙ったらいい？　仲間はどう動く？　撃たれたら怖い……そんな雑念が渦巻いて集中力を欠き、気づいたときにはエイムのタイミングを逃している。

現実世界でも同じだ。

月愛のスマホが割れた学校の廊下でも、あの雨の日も、俺はこの背中を追いかけられなかった。

そのせいで、長い後悔の時間を過ごすことになった。

俺の中で、いつも答えは出ているのに。

俺の心の矢印は、いつだって月愛に向いている。

だけど、もし追いかけて、追い縋《すが》って、彼女に撥《は》ね付けられたら。そう考えると怖い。

拒絶されて傷つくことが。

でも、いつまでもそれでいいのだろうか？

付き合っているのは、俺たち二人なのに。

デートの行き先も、二人の行く末も、いつだって月愛に委ねて、月愛にだけ意思表示させて。

俺はそれでいいのか？

月愛が不安になるのも当然なんじゃないか？

だから、勇気を出すんだ。

自分の意思を示す勇気を。


「待って、月愛！」

大声を出した俺を、コンビニから出てきたサラリーマンが、興味深げに見て歩いていく。

月愛は一瞬足を止めた。その隙に追いついて、俺は彼女の手を摑《つか》んだ。

「違うって言ってるだろ」

こちらに背を向けたままの月愛に、その場で語りかける。

「月愛はいつもそうだ。俺の話を聞かずに逃げて……。話そうよ、俺たち。そう言ったのは自分じゃないか……」

月愛が俺の手を振り解《ほど》いて、身体《からだ》ごとこちらを向く。

「ヤダ……怖い……怖いよ……」

涙に濡《ぬ》れた顔で、月愛は俺を見上げた。

「もうイヤなの。大切な人が離れていくのは……。リュートと家族になりたいけど、そうなる前に離れてっちゃったら、あたしはまた、家族くらい大事な人を失うことになっちゃう」

コンビニの脇の電柱で立ちすくむ俺たちを、通行人が見て見ぬフリして通り過ぎていく。

「だからリュートのこと、これ以上好きにならない方がいいんじゃないかって、気持ちにブレーキかけたくなって、逃げたくなっちゃって……。でも、リュートはいつも、やっぱりあたしを裏切ってなくて、自分勝手なあたしのことを待っててくれてて……どうして？　どうして、あたしなの？　あたし、そんなにいい女の子じゃないよ」

「月愛……」

「不安なんだよ。こんなあたしじゃ……。リュートはいつか、別の子のところに行っちゃうかもしれない」

何か言おうとする俺を視線で制して、月愛は俯《うつむ》いた。

「海愛は中身のある子だもん。流されてるあたしとは違う……。あたしだって、自分が男だったら、あたしより海愛と付き合いたい」

「……そんなふうに思っていたの？」

さっきまでの動揺は、月愛の心の吐露を聞いているうちに落ち着いていた。

愛《いと》しいと思った。

こんなに素敵な女の子なのに、それでもコンプレックスを抱えて、自分にないものを持っている人に憧れている彼女の、その人間らしさに親しみを感じた。

「じゃあ、最初に言っておくね」

俺の言葉に、月愛は顔を上げて俺を見る。

「俺が付き合いたいのは……これからもずっと付き合っていきたいのは……月愛一人だよ」

月愛の顔に、一瞬にして喜色が広がる。

恥ずかしいけど、恥ずかしがってる場合じゃない。

たとえ俺の中に百億万の愛情があったって、言葉や態度で示さなかったら、ないのと同じだ。

少なくとも、月愛にとっては。

俺が今まで黒瀬さんとの間にあったすべてのことを月愛に話さなかったのは、黒瀬さんとワンチャンあるかもという下心からじゃなくて、月愛と黒瀬さんの関係を考えたからだ。全部話して、二人がさらに気まずくなったら、それは本意じゃないと思ったから。

でも、そんな俺の、優しさにかこつけた煮え切らない態度が、月愛を不安にさせてしまっていたなら。

そんな男にときめきを感じられなくて当然だ。

俺が話そうと話すまいと、俺と黒瀬さんの間に起こった出来事は変わらない。

すべて話して、それで二人がどうするかだ。

月愛を信じよう……。信じて、心に引っかかっていたものを解き放つんだ。

そう考える俺の脳裏に、関家さんの言葉が蘇《よみがえ》る。

——知らない方がいいってこともあるだろ。彼女となんでもかんでも共有するのが誠実さってわけじゃねーだろ。

確かにそうかもしれない。

でも、月愛は言ってくれたじゃないか。

——あたしたち、全然違うじゃん？　だから、この前みたいにすれ違っちゃったりもするわけで……。またそーゆーことにならないためにも、お互いが思ってること、言った方がいいと思うんだ。

俺が付き合っているのは月愛だ。関家さんじゃない。

だったら、月愛が言ってくれたことを信じるべきだったんだ。人に相談する前に、最初から。

長い沈黙のあとで、俺は深呼吸して口を開いた。

「俺、モテてこなかったし、器用じゃないし……こんなやり方でしか、誠意を示せなくてごめん」

不思議そうな顔をする月愛に、俺は伝えた。

「さっき、黒瀬さんと友達をやめてきた。だから、月愛の『友達計画』には、俺はもう協力できない」

「えっ……」

月愛は息を呑《の》む。

「どーゆーこと⁉ でも、海愛が痴漢に遭ったって……一緒にいたんじゃないの？」

「いや、それは、予備校帰りにK駅で会って……分かれ道で別れてからのことで。さすがに、俺が一緒にいたら、痴漢に襲われることはなかったんじゃないかと思うよ」

「…………」

「今から言う話は、月愛にとっては複雑な気持ちになることもあるかもしれないけど……俺の黒瀬さんに対する正直な気持ちを伝えておきたいんだ」

月愛は険しい表情をして、そっと頷《うなず》く。

「夏頃、俺が黒瀬さんと抱き合ってる写真を撮られたとき……その前日、黒瀬さんに体育館倉庫に呼び出されて告白されたんだ」

月愛は、息を詰めて俺を見守っている。

「二人きりで、抱きつかれて……。押し倒したんだ、彼女のこと」

月愛が大きく目を見開く。

「もちろん、それ以上のことはしてないんだけど……今まで黙っていてごめん」

本当は、黒瀬さんが月愛の声真似《まね》で俺を呼び出し、月愛のフリをして誘惑しようとしていたという経緯はあるけど、何を言っても、これ以上のことは言い訳にしかならない。

「そういうこともあって……黒瀬さんのことは、女の子として意識しないことが難しくて……もう友達でいない方がいいと思った」

月愛はしばらく黙っていた。

「……なんで、最後までしなかったの？　体育館倉庫で、二人きりだったんでしょ？」

口を開いた月愛は、感情の読めない表情で俺を見つめる。

怖かったけど、答えるしかない。

「……初めては、月愛とがよかったから」

こんなことを言ったら、童貞臭すぎるだろうか？

でもしょうがない。これが俺なんだ。かっこつけたって、そのうちボロが出る。

「あっ、別に初めてじゃなくなったら浮気《うわき》してもいいとか思ってるわけじゃないけど、その……俺にはまだ、その先のことってリアルに想像できなくて……ってだけなんだけど」

月愛は、そう説明した俺をしばらく無言で見つめていた。

「……海愛のこと、好きだったんでしょ？」

「……中一の頃のことだよ」

そう答えても、月愛の顔つきは晴れない。

「あたし、片想《かたおも》いってしたことないけど……誰かを好きになって、それを本人に伝えようと思うのって、すごく強い気持ちだよね」

俯きがちに、月愛は噛《か》み締めるように言葉を紡《つむ》ぐ。

「リュートがそんな想いを抱いてた相手が、海愛だったって……考えるたびに、どうにもならない気持ちになる。普段は気にしないようにしてるけど」

そうつぶやく彼女が辛《つら》そうで、俺の心も沈んでいく。

「怖いんだよ。だから……さっき電話で『話したい』って言われたとき、海愛に心変わりしたのかもって思っちゃって」

「月愛……」

「リュートが、あたしのこと考えて思いとどまってくれたのは嬉《うれ》しいけど……。この先も、リュートが海愛を好きだったことを思い出すたび、不安になりそうな自分がいやだ……」

月愛の目に再び涙が込み上げてくる。

「じゃあ、俺はどうしたらいい？」

どうにもならない気持ちで、俺は口を開いた。

「俺が今どんなに月愛のことが好きでも、黒瀬さんを好きになって告白した過去は変わらない。それがどうしても気になるって言うなら、もう……」

言おうとしたことを考えたら、喉と目と鼻の奥がツンと熱くなった。

嘘《うそ》だろ？

人の目がある往来で……しかも、彼女の目の前で。

そうは思っても、もはや止められなかった。

「俺たち……付き合い続けられないよ……」

右目の目頭から、熱い雫《しずく》がぽたっと落ちる感覚があった。

俺は泣いていた。みっともないけど、事実そうなんだ。

そのことに困惑しながらも、心の痛みを止められなかった。

本当はこんなこと言いたくない。

だって、絶対に別れたくなんかないんだから。

ずっと一緒にいたいんだ。心から想ってる。

でも。

「過去のことは、どうすることもできないんだよ……」

もしタイムマシーンがあって。中一の頃に戻れるなら。

この先すごく素敵な女の子が現れて、信じられないことに彼女になってくれるから、他の女の子に告白なんか絶対にするなって自分にきつく言って聞かせる。

でも、そんなことはできない。

タイムマシーンは存在しない。

月愛は、なんで俺にだけこんなことを言うんだろう?

俺だって、本当は……そんなこと言うなら、本当は……月愛にだって、誰とも付き合って欲しくなかった。俺以外の、誰とも。

でも、それだけは口にしちゃいけない気がした。

頭では、充分すぎるほどわかっているから。

過去の経験がなかったら、この月愛は今、俺の前にはいないってこと。

「……ごめん、リュート。泣かないで」

目の下をふわふわの柔らかいもので拭われる感触にハッとする。月愛が自分の部屋着の袖で、俺の目元を拭ってくれていた。

そんな彼女もまた、涙を流していた。

「あたしが間違ってた」

赤い目で、月愛は俺をじっと見つめる。

「『過去のことはどうにもならない』って、あたしが一番よくわかってることだったのに」

そう言うと、月愛は俺の胸に飛び込むように抱きついてくる。

「リュートがあたしを受け入れてくれたんだから、あたしもリュートの過去を受け入れる。海愛を好きだった過去ごと、全部」

フローラルだかフルーティだかな香りが鼻腔《びこう》をくすぐり、俺はその手ざわりのいいぬくもりをぎゅっと抱きしめた。

「リュートと、本物の好き同士になりたい。だったら、ありのままの過去とも向き合わなきゃダメだよね」

耳元で囁《ささや》かれた声に、胸が熱くなる。

「月愛……」

「ごめんね、リュート。あたしもう、逃げたりしないから。この先リュートと何があっても、絶対」

そう言うと、月愛は身体《からだ》を離して俺を見る。

「……よく考えたら、あたしが不安に感じてたのは、過去じゃなくて今のリュートの気持ちだった。今でも、海愛のことを想う気持ちが、どこかに残ってるんじゃないかって。海愛は可愛《かわい》い子だから」

「……俺も、黒瀬さんはいい子だと思うよ」

今さらだが泣いてしまったことが恥ずかしくて、こっそり鼻をすすって、何事もなかったかのように振る舞おうとする。

「だから、友達をやめてきたんだ」

痴漢に襲われて震えていた黒瀬さんを思い出すと、罪悪感に苛《さいな》まれる。でも。

「俺が好きなのは月愛だけど、黒瀬さんも俺のことを悪くなく思っていてくれて……このまま俺が黒瀬さんと友達を続けていて、この先、月愛を不安にさせるような瞬間が絶対にやってこないとは、言い切れなかったから」

だから、こうするしかなかったんだ。黒瀬さんを襲った犯人が、早く捕まることを願っている。

「……リュートって、正直すぎるよね」

ふと、月愛がつぶやいた。

「だいたいの男の人はウソつくところだよ、そこ。『お前しか見てないから』とか『お前以外の女なんかガンチューにない』とか言ってさ」

過去を思い出しているのか、月愛は両手を背中で組んで、手持ち無沙汰に地面を蹴る。

「でも、浮気するんだよね。そう言ってた人が」

顔を曇らせ、彼女は首を振った。

「そういうの、もううんざりなんだ。だから、リュートのその正直さが、あたしは嬉しい」

俯《うつむ》いてつぶやいた彼女は、薄く微笑《ほほえ》んでいた。

「こんなやり方しかできなくてごめん。俺がもっとしっかりしてたら……月愛の『友達計画』にだって、これからも協力できたのに」

俺の言葉に、月愛は首を左右に振る。

「あたしこそ、ごめん。あたし、なにからなにまで間違いだらけだった」

ほろ苦い顔つきで、月愛は視線を落とす。

「あたしが海愛となりたいのは『友達』じゃなくて『姉妹』だったのにね。『友達計画』とか言って、リュートを巻き込んで。リュートと海愛の関係も壊すことになって……」

項垂《うなだ》れて述懐する彼女の片頬を、コンビニから漏れる明かりが白く照らす。おそらくすっぴんと思われる彼女は、こんな状況でも、とても綺麗《きれい》だった。

「怖かったんだ。だから正攻法で行けなかった。あたし、海愛に嫌われてるから」

悲しそうにつぶやいて、彼女は目を上げて俺を見る。

「あたしの勇気が足りなかったせいで、リュートを困らせてごめんね。リュートにとって、海愛は初恋の人なのにね。あたしと付き合ってるからって、海愛のことを女の子として見ないなんてこと、できないよね……」

何も答えられず見つめる俺に、月愛は話し続ける。

「それでもリュートはあたしのことが好きって言ってくれてるのに、結果的に、あたしがリュートを試すようなことをしちゃったんだね……」

月愛が反省したように押し黙って。

しばらくの間、沈黙が訪れた。

少し考えてから、俺は口を開いた。

「黒瀬さんは、月愛のことを嫌ってなんかいないと思うよ」

「えっ……？」

「言ってたんだ、黒瀬さん。うちの学校に転校してきた理由を、『月愛に喜んで欲しかった』って。でも、月愛の反応を見て裏切られたように感じて……あんなことをしてしまったって」

俺の顔をじっと見つめて、月愛は驚きの面持ちをしている。

「それに、月のピアスを大事そうに持ち歩いてた。月愛があげたんだって？」

「えっ……」

「見たんだ。月愛が持ってる月と星のピアスとおそろいのやつ。嫌いな姉からもらったものだったら、持ち歩いたりせずに、とっくに捨ててるはずだろ？」

月愛は息を詰め、信じられないように口元に手をやる。

「そうだったんだ……」

その手を自分の胸に重ねて、月愛は目を閉じた。長いまつ毛が震えていた。

「海愛……」

そっと呼ばれた名前には、かつてない愛情が込められている気がする。

少しして目を開けた月愛は、さっきまではなかった意思を瞳に宿している。

「海愛がへそ曲がりで意地っ張りなこと、あたしはよく知ってたはずなのに。でも、海愛と長い間離れてたから……。いつの間にか、心の距離も開いてたんだと思う」

失われた時間を悼《いた》むように、月愛はアスファルトを見つめて重くつぶやいた。

「たまに話したときにぶつけられた『大嫌い』とか、そっけない態度とか……そういうのを、いつの間にか『本心かも』と思う気持ちが出てきて、海愛に対して、前みたく振る舞えなくなってたんだ」

そう言ってから、月愛は顔を上げる。

「でも、海愛があたしのために転校してきてくれて、あたしがあげたピアスを今も持ってくれてるなら……海愛の本当の気持ちは、昔と変わってないってことだよね？　だったら、前に進むために、あたしはできることをやってみようと思う」

その瞳には、強い決意が漲《みなぎ》っている。

「友達じゃなくて、海愛と『姉妹』に戻るために」

そんな彼女の決心を見守る俺に、月愛はまっすぐなまなざしを向けた。

「ありがとう、リュート」

月光のような白い輝きを帯びたその笑顔は、女神のようにまぶしかった。

「リュートのおかげで、見失ってた大事なものを取り戻せそうだよ」

第二・五章　ルナとニコルの長電話

「ってことがあって、『友達計画』はやめることになったんだ」

「ふーん、てかヤバかったじゃん。ルナがそのまま逃げてたら、危うく別れるところだったんじゃね？」

「ん……。別れたくないけど、また前みたいに距離を置く形にはなってたかも……」

「……『距離を置く』かぁ……」

「あっ、ごめん」

「いーよ。もう慣れてきたよ。もともとずっと会ってなかったし。あたしの勝手な片想《かたおも》いだったんだから。前までよりは少しマシなくらい」

「大丈夫だよ、三月なんてすぐだって」

「……怖いな。三月が来たら、センパイ、ほんとにあたしと付き合い直してくれるのかな」

「なんで？」

「男の人って、どんなに忙しくても、本当に好きな相手だったら、なんとか会う時間作ってくれるものじゃん？」

「そーなの？」

「うん、そう。あたしが今まで聞いてきた話では、彼氏に時間を作ってもらえない子は『セカンド以下の女』だった」

「……確かに、元カレたちも、付き合いたては毎日『ルナんち行ける？』って訊《き》いてきたのに、だんだん忙しくなって、会わなくなってったかも……」

「……だから、センパイ、他に女がいるんじゃないかなぁ……」

「そ、そんな！　関家《せきや》さんはほんとに勉強で忙しいんだよ。一日十三時間も勉強するんだよ⁉　他の女とも会ってる時間ないって」

「クソ……あたしも予備校行こうかな」

「マジ⁉」

「マジなわけないじゃん。……あーほんとやんなる。センパイを信じて、素直に待ってられない自分がほんとにやだ」

「ニコル……」

「……センパイ、変わっちゃったんだよね。三年も経《た》つんだから、変わって当然だと思うけど。もちろん、変わってないところもあって……でも、どこが変わってなくて、どこがどう変わったのか、それをよく知る前に、こうなっちゃったから」

「そっか……」

「あたしの知ってるセンパイは、卓球一筋の真面目な人だったし、女の子にも不器用で、二股なんてできるような人じゃなかった。あの頃のセンパイのことだったら、距離を置いても、信じて、応援できてたはずなのに……あの頃みたいに」

「マネージャーだった頃？」

「そう……。あたし、センパイを応援するのが楽しかった。センパイ、すごく頑張ってたから」

「今だって、勉強を頑張ってるんじゃん？」

「だとしても、あたしには見えないし……。その人のこと本当に信じてないと、心からの応援ってできないじゃん？　信じたいけど、今のセンパイのことがわからないから」

「……不安だよね。何年も会ってないと。生きてたカンキョーが違うから、自分が知ってた頃とは全然別人になっちゃってる可能性だってあるし」

「そうなんだよね。でも、ルナはそんな心配ないじゃん？」

「え？」

「カシマリュートのことは、付き合ってからよく知るようになったんだし。新たにお互いのことを知って、好きになってってる途中でしょ？」

「ああ、リュートのことはね」

「え？」

「違うんだ。あたしが今考えてたのは、海愛《まりあ》のこと」

「妹？」

「あたしたちね、あたしがいつも海愛を引っ張って、海愛が文句言いながらしぶしぶついてくる関係だったんだ」

「まー今もおんなじじゃん？」

「だけど、昔と違って、海愛がほんとはどう思ってるかわからなくて、ぐいぐい行ききれなかったんだよね。昔の海愛はあたしのこと大好きだったから、あたしとなにかすることが楽しかったみたいだし、あたしが『やりたい』って始めたバレエも、あたしがやめちゃってからも、海愛はずっと続けたりして、いいエーキョーを与えられてた自信があったんだけど」

「てかバレエ⁉　初耳なんだけど」

「年長のときだから～！　あたしは三ヶ月でやめちゃったし」

「そりゃ身につかないわ」

「でも、海愛は小学校に入ってもずっとやってたんだよね。親が離婚したとき、引っ越して今までの教室に通えなくなって、やめちゃったみたいだけど」

「もったいない」

「ね。でもたぶん、自分で新しい教室を探して一人で行くのは、いやだったんだと思う。海愛、人見知りだし。言ってたんだ。『月愛《るな》と一緒じゃなかったら、習い事なんて始めようと思わなかった』って」

「……ルナは、妹にとっての『翼』だったんだね」

「えっ……？」

「あ、『切り込み隊長』のがよかった？　ってヤベ、元ヤンが出ちゃった」

「あはは。……でも『翼』かぁ。かっこいいね。さすがポエマーニコル」

「まぁねー」

「……あたしが海愛を連れて飛んで……その行き先で、海愛が楽しそうにしてれば嬉《うれ》しかった。自分が全然キョーミなくても『海愛が好きそう』って思ったものに誘ったりしてね」

「通じ合ってんね。さすが双子」

「ただ、離れてる間に全然わかんなくなっちゃった。あたしと一緒に住んでた頃の海愛は、ゲームジッキョウ？　なんて見てなかったし。コスプレだってしてなかった」

「コスプレしてんの？　あの子？」

「あっ、これはナイショね！　つい言っちゃった」

「別に言わんけど」

「いろいろナイショにしててくれてありがと、ニコル」

「いーってことよ。うっかりアカリに言ったりしないように気は遣うけど」

「あはは、アカリは悪気なく口が滑るタイプだからなぁ」

「自分は伊《い》地《じ》知《ち》祐輔《ゆうすけ》のオタクなの言うなとか言っといてね。昨日も『伊地知くんが使った黒板消し、推せるんだが！』とか言って五分間もクリーナーかけてたの、完全にキモオタじゃん」

「あはは。みんな『うるさい』ってメーワクしてたよね」

「でも、好きなものに対する行動力は尊敬するよ」

「そうだね。……あたしも、頑張ろうと思う」

「……妹のこと？」

「うん。もう一度、あたしが海愛の世界を切り開く」

ベッドに座っている月愛は、シェルフの上のアクセサリースタンドにかかっている、月と星のピアスを見つめて言った。

「ちょっと怖いけど、やってみようと思うんだ」

第三章

次の日から期末テストが始まり、テスト最終日、帰りのHRで初日のテストが返却された。

予備校の勉強もしなくてはならなかったので、以前より学校のテスト勉強に時間をかけられなくなって心配だったけど、結果は概《おおむ》ねいつも通りだった。

うちのクラスは、各教科の得点が一番の人だけ、担任の先生がテストを返却するときに発表する。俺は抜きん出た得意科目がないので発表されたことはないし、一位の顔ぶれは毎回だいたい決まっているので、期待してドキドキすることはない。

それは、家庭科のテストを返却しているときだった。こういうよくわからない科目は、毎回一位が変動する。

「黒瀬《くろせ》さん、九十四点。一位おめでとう」

先生が言って、前に出てきた黒瀬さんが、嬉しそうにテスト用紙を受け取った。

俺たちが友達をやめた日の次の日、黒瀬さんは普通に登校してきて、それからも変わった様子はない。痴漢に襲われたことがショックでなかったわけはないと思うが、こうしてテストでもいい点を取ることができて、変わりがなくてよかったなと思う。

「えーすげー」

「俺なんて三十点だったのにー」

クラスメイトがざわめく中で、その瞬間は突然訪れた。

「さすが海愛《まりあ》！　あたしの自慢の妹だよ」

よく通る明るい声が、教室中に響き渡った。

「え……」

聞いていたクラスメイトたちの誰もが、その言葉を本気にはしていないのがわかった。ただ「そんなに仲良かった？」という困惑した空気が流れた。

そんな級友たちを見て、月愛《るな》はきょとんとした顔をする。

「え？　みんな知らないの？　言わなかったっけ？　あたしと海愛、双子の姉妹だよ」

「えっ、本気？　ウソだよね？」

そう言ったのは谷北《たにきた》さんだ。そんな彼女に、月愛は首を振る。

「ほんと！　両親が離婚してるから、苗字《みょうじ》が違うだけ。ね、海愛？」

黒瀬さんは、驚いたような、感極まったような顔をして……真っ赤になって、頷《うなず》いた。

突然の注目を浴びて、うろたえているのがわかった。

「そうなの⁉」

「えっ、ウソ⁉」

「マジかよ⁉」

たちまち教室のあちこちから驚きの声が上がり、クラス内はちょっとしたパニック状態に陥る。

黒瀬さんはというと、頬を紅潮させ、騒ぎの渦中《かちゅう》にありながら、ぼんやりと夢見るような面持ちで立ち尽くしていた。その瞳は、潤んでいるようにすら見えた。


テストの返却が終わって放課後になっても、教室内には興奮した空気が漂っていた。

黒瀬さんの隣の席に月愛が座り、その周りを陽キャ女子が取り囲んでいる。輪に入れない連中——俺もその一人だけど——は、さらにその周りから遠巻きに話題の双子を見守っていた。

「なーんか変だとは思ってたんだよね。二人の空気。身内だと思ったらナットクだよ」

黒瀬さんの前の席に座った谷北さんが、腕組みして頷きながら言った。

「ルナちはやたら黒瀬さんに馴《な》れ馴れしいし、黒瀬さんは戸惑ってるように見えるし？

一学期にはあんなことあったじゃん？　仲良いわけないやんな？　それなのに、ルナちは文化祭実行委員や修学旅行のグループで黒瀬さんと一緒になろうとするし、黒瀬さんもいやそうなのに受け入れてるし、ハテナでいっぱいだったんだよね、二人の関係」

周りの女子の何人かが、同意を示すように頷く。月愛と教室でよく話している女子たちだ。

「今までルナちが何考えてるのかわからなくて、黒瀬さんもいい子なのか悪い子なのかわかんなくて、あんま交流深められなかったんだよね。ほんとは話しかけたかったんだけどさ」

黒瀬さんは、相変わらず恥ずかしそうに身をすくめている。そんな彼女に、谷北さんは遠慮なく話しかける。

「ずっと訊《き》きたかったんだけど、そのボールペン、ツイスタのやんな？　去年アクスタ付きで売ってたやつ」

谷北さんが指したのは、黒瀬さんの机の上にある銀色のボールペンだ。彼女がいつも使っているもので、何かロゴが書いてあって、言われてみれば確かにグッズっぽいけど、特に気にしたことはなかった。

「……知ってるの？　ツイスタ」

黒瀬さんがおずおずと尋ねる。

聞いたことあるな、ツイスタ……確か女子に人気のあるソシャゲだった気がする。

「知ってる知ってるー！　てかうち元Dオタだし！　ツイスタ民と仲悪くて界隈《かいわい》荒れてて、うちツイスタも好きだからいやになって離れたんだけどー」

「そ、そうなんだ……」

谷北さんの勢いに、黒瀬さんは完全に押されている。

「ってか、黒瀬さんって、もしかしてちょっとオタ？」

「えっ？　う、うん……」

「マジ!?　ねえ、マリめろって呼んでいい？」

「ま、まりめろ……？」

「黒瀬さんと仲良くなったら呼ぼーって決めてたんだー！」

谷北さんにたじたじの黒瀬さんを、月愛はニコニコと見守っている。

「ねえ、黒瀬さんって前女子校だったんだよね？　話聞かせてー！」

「髪の毛すごくキレイだけど、シャンプー何使ってる？」

谷北さんを皮切りに、周りの女子たちもパラパラと黒瀬さんに話しかけ、黒瀬さんは戸惑いながらも、嬉しそうに答えようとする。

「海愛って、ほんと髪キレイだよね～！　あたしは染めるようになってから傷みまくりだからうらやましーよ」

月愛が会話を盛り上げて、黒瀬さんが恥ずかしそうにもじもじする。

大勢の級友たちに囲まれる黒瀬さんを見て、転入したての頃の彼女を思い出した。

でも、あの頃と違うのは、今の彼女が、月愛を真似《まね》て人に好かれようと無理していた彼女ではなく、ちょっと人見知りで、意地っ張りで、オタク趣味がある、本当の黒瀬さんだということだ。

そして、彼女の隣に、月愛がいるということ。

こうして、月愛の「友達計画」は「姉妹計画」となって完結した。

俺の役目はもうない。友達ですらなくなった俺に、黒瀬さんが笑いかけてくれることはもうないかもしれない。

それでいいんだ。

クラスメイトに囲まれて、頬を染めて控えめな微笑を浮かべている彼女を見ていたら、俺も胸がいっぱいになってきた。

彼女は、内心ずっと欲しがっていたであろう大切なものを手に入れられたんだ。

そのことが、自分のことのように嬉《うれ》しかった。

「お疲れー、リュート!」

この日は一緒に帰ろうと約束していた日だったので、先に下駄《げた》箱で待っていると、月愛が少ししてやってきた。

「月愛こそ、お疲れさま。黒瀬さんは?」

「まだ教室! アカリたちと帰るみたい」

「そっか」

俺たちは靴に履き替え、昇降口を並んで出る。

「随分ストレートなやり方だったね」

「だね。チャンス! って思ったから、出たとこショーブしちゃった。実は心臓バクバク、的な」

月愛はあははと笑った。

「もし海愛がいやそうな顔したりしたら、『冗談に決まってるじゃん、妹みたいに可愛《かわい》いってことだよ!』とか言って誤魔化そうと思ったんだ」

でも、その必要はなかった。

黒瀬さんは、本当はずっと待っていたんだ。みんなに、月愛と「姉妹」だと認められる日のことを。

簡単なことだったんだ。

簡単なことだけど、それはきっと、黒瀬さんからきっかけを作るのは無理だった。彼女は月愛にあんなことをしてしまったから。

あんなことをされた月愛も、黒瀬さんに嫌われていると思い込み、強引な行動に出ることができなかった。

そんな膠着《こうちゃく》状態をぶち破ったのは……。

「月愛が勇気を出したおかげだね」

「うん。でも……」

そう言って、月愛は傍《そば》にいる俺を見上げる。

「あたしにその勇気をくれたのは、リュートだよ」

大きな二つの煌《きら》めく瞳が、俺の心をまっすぐ射貫《いぬ》く。

「リュートが、あたしの代わりに海愛の心の中をのぞいてくれたから……。リュートが海愛に優しくしてくれて、海愛がリュートに心を開いたから……だからあたしたち、こうして元に戻れたんだよ」

静かに微笑《ほほえ》んで、月愛は俺を見つめる。

「リュートのおかげなんだよ」

そのあたたかな声色で包み込まれ、俺はなんだか急に。

泣き出したいほど幸福な気持ちになる。


俺と黒瀬さんの再会は、お互いにとって、けっして無意味なものではなかったんだ。

俺は、かつて君に恋してよかったと思っているよ。

君にもいつか、そう思ってもらえたらいいな。

そのときの君が、どうか世界中の誰よりも幸せでありますように。

◇

翌日から一週間後の終業式まで、学校は休みだった。

俺は予備校の冬期講習に備えて自習室で勉強しながら、時々月愛と会ったり、電話したりして、早めの冬休みを過ごしていた。

ある晩、自室で月愛とビデオ通話していたとき、月愛がふと切り出した。

「リュート、ちょっと相談があるんだけど」

「何？」

「クリスマスの食事会、ちょっとだけ予定を変更してもいいかな？」

「いいけど、どういう？」

クリスマスは、イブの日に月愛の家で、ご家族と月愛の手料理を囲んでパーティすることになっていたはずだ。

「あのね……」

月愛はもじもじしながら言った。

自分の部屋のベッドの上にいる月愛は、今日もフワフワの部屋着を着ていて可愛い。

「あたしね、ずっと諦められない夢があるの」

その声は小さかったが、芯が通った響きを持っていた。

「海愛と、おねーちゃん……はもう独立してるから難しいけど、おとーさんとおかーさんと、またみんなで同じ家で暮らすこと」

「そっか……」

でも、ご両親は離婚してるし……と思っていると、月愛は続ける。

「今のままじゃムリだって、わかってる。だから、あたしは……おとーさんとおかーさんに、また夫婦《ふーふ》になって欲しいんだ」

「えっ……!?」

「不可能じゃないと思うんだよね。おとーさんは今でもおかーさんのことが好きだと思うし、おかーさんだって、今は独りだし……初めて付き合って結婚して、その人の子どもを三人産んだんだよ？　嫌いなわけはないと思うんだ」

「元サヤを狙うってこと？　でもどうやって？」

驚きのままに尋ねる俺に、月愛は元気よく答える。

「名づけて『ふたりのロッテ』作戦！」

「ロッテ……？」

「知らない？　『ふたりのロッテ』っていうお話。あたしが小学校低学年のとき、おばーちゃんが『あなたたちと同じ双子のお話だから』ってプレゼントしてくれたんだけど」

小学校の図書室で見かけたような気もするタイトルだが、読んだことはないので黙って聞く。

「ロッテとルイーゼって二人の女の子が出会って、お互い自分とそっくりなことに驚くの。二人はそれぞれお父さん、お母さんと暮らしてるんだけど、実は自分たちが双子で、別れた両親が子どもをひとりずつ引き取って育てていたことを知るんだ。それで、二人は協力して両親を引き合わせて、お父さんとお母さんは再婚して、みんな家族になるの」

「なるほど……」

「すごく幸せなお話なんだ。本をもらったときには、自分たちの親が離婚するなんて思ってもみなかったけど……今思うと、すごく羨ましい」

うっとりと語った月愛は、そこで少し沈んだ表情になる。

「海愛にその話をしたら、『諦められないなら、やってみようよ』って言われて、二人で考えたの。うちの両親、クリスマスイブが結婚記念日だったんだ。だから、イブにクリスマスのパーティをしようって、お互いに親を呼び出して、バッタリ会わせるの。久しぶりにみんなで食事をしたら、おとーさんとおかーさんも昔のことを思い出して、また家族に戻る気になってくれるんじゃないかなって」

画面の向こうで一気に話し終えた月愛は、ふと不安になったように俺の様子をうかがう。

「……どう？　単純？　そんな上手《うま》く行かないかな？」

「いや……、あの、そうなったらいいと思うけど。じゃあ、俺はお邪魔だよね？」

少なくとも、その食事会は遠慮した方がいいよなと思っていると、月愛はブンブンと首を振る。

「ううん、リュートに来て欲しい！　おとーさん最近ちょっと忙しそうで、おばあちゃんはフラダンス仲間と旅行中の予定だし、今年はクリスマスはパスって雰囲気なんだよね」

「そうだったんだ」

「だから『彼氏を紹介したい』ってコージツで、絶対来てもらうようにしたいの。おかーさんの方は『仕事の息抜きに外食しよう』って海愛が誘ってくれる予定だから」

「そうか……」

それでも、元サヤを狙うなら、なおのこと家族水入らずの方がいいのではないかと思うが、月愛がそう言うなら、同席して、隙を見て退席するなどしたらいいかなと考える。

「いやかな？　リュート、来てもらえない？　あっ、もちろん手料理も作るから、終わったら家《うち》来て！　お腹《なか》いっぱいになっちゃうかもしれないけど」

そう言う月愛に、俺は微笑する。

「いいよ。俺がいてよければ。俺も、お父さんに一度お会いしたかったし」

月愛のお母さんには体育祭でご挨拶したが、保護者であるお父さんには、まだちゃんとお会いしたことがない。うちの方は両親ともに紹介済みだし、デートして送っていったときなど、彼氏としてなんとなくやるべきことをやっていない感じがしてうずうずしていた。

「やった！　じゃあ、さっそくおとーさんに言わないと！」

月愛は生き生きとした顔になる。

「イブはもう一週間後だし、急いで準備しなきゃ！　レストラン予約して……そうだ、おとーさんとおかーさんにお手紙書いたりしようかなー！」

ウキウキと計画を立てる月愛を見て、ほほえましい気持ちになるとともに、彼女の計画が成功するといいなと願う。

一週間後のクリスマスイブが、俺にとっても、月愛にとっても、忘れられない記念の日になりますように。

そして、俺のその願いは、ある意味で叶《かな》うことになる。

このときの俺が、まったく想像もしなかった形で――。

◇

クリスマスイブ当日は、朝からどんよりした空模様だった。北風が吹く冬らしい天気で、日が傾き始めると、外気に触れる素肌は冷たく乾き、俺は真冬用のコートを羽織って月愛との待ち合わせ場所に向かった。

月愛が予約したレストランは、Ａ駅の近くのカフェレストランだった。本当は昔家族で通っていた思い出のレストランにしたかったそうだが、今の家から遠い上に、ネットで調べたところ当時と店名が変わっていたので、そのレストランに雰囲気が似ている店を近場で探したという。

「リュート!」

A駅の駅前広場で手を振る月愛は、今日も一段と可愛《かわい》かった。

赤いダウンコートと白いニットワンピースの組み合わせが、俺みたいなファッション音痴にもわかりやすいクリスマス感で、ドキドキと胸が躍る。コートとワンピースは共にミニ丈で、ロングブーツとの間の絶対領域な生足が、寒そうだけれどセクシーだ。

「寒いね〜!」

会うなりそう言って、月愛は俺の腕に両腕をからめてくる。冷えた空気の中で控えめに花開くフローラルだかフルーティだかな香りが、彼女と過ごす初めての冬を実感させて、心が高揚した。

「あードキドキするぅ〜」

その頬が赤いのは、寒さのせいだけではないだろう。俺といるから……だと嬉《うれ》しいけど、おそらく他に理由がある。

いよいよ「ふたりのロッテ作戦」の決行が目前だから。彼女の緊張と興奮は、そのためだろう。

「……あ、海愛からだ。おかーさん、もうお店に着いたって」

道すがら、月愛がスマホを取り出して報告してくる。

「早いね、みんな」

「おかーさん、今日休みだったんだって。最近出勤が多かったから、イブに休みもらえたみたい」

「じゃあ、黒瀬さんと一緒に来たってこと？」

「そそ。昼間は二人でクリスマスケーキ焼いたって。しかもガトーショコラ。あたしも食べたいから一切れ持ってきてーって言っといた！」

無邪気に笑う月愛を見て、なんとなく胸が熱くなる。月愛が黒瀬さんとこまめに連絡を取り合っている様子と、普通に母親と仲良くしている黒瀬さんの日常を、予期せず垣間見《かいまみ》ることができたせいかもしれない。

「おねーちゃんも来れたらよかったのになぁ。まあ、イブだからしょーがないか」

月愛のお姉さんは、今日は彼氏とデートの先約があったらしい。

「その代わりにリュートがいるもんね。よーしっ！　今日はパーティを楽しみつつ、作戦をケッコーするぞ～！」

緊張気味な自身を鼓舞するように声を張る月愛を、とても可愛らしいと思う。

レストランの予約は十七時で、俺たちが店に着いたのは五分前だった。

店に入ってすぐ横にある個室が、本日の会場だ。

月愛が黒瀬さんと相談して選んだお店は、レンガ調の壁紙や、バルのような小ぶりなイスとテーブルがこじゃれた雰囲気のこぢんまりしたカフェで、かつての白河《しらかわ》家の行きつけもこんな居心地の良さそうなお店だったのかなと想像した。

「おかーさん！」

個室に入ると、奥に黒瀬さんとお母さんが座っていた。月愛を見て、お母さんは目を丸くする。

「月愛⁉ リュートくんも……どうしたの？」

「どーしたのって、一緒にクリスマスのお祝いしようと思って」

「えーっ⁉ どういうこと、海愛⁉」

驚くお母さんをよそに、月愛はさっさと着席して、俺を隣に招く。

個室のテーブルは六人用で、俺と月愛は、黒瀬さんとお母さんと、向かい合う形になった。お父さんは、月愛の隣か……お母さんの隣に誘導するつもりなのだろう。

「たまにはいいじゃない？ わたしたち、家族なんだし」

黒瀬さんは涼しい顔で言う。おそらく二人で食事する体で誘い出したのだろうから、この個室のしつらえに、お母さんも疑問を抱いてはいたはずだ。面食《めんく》らいつつも、お母さんはどこか納得した顔をしている。

「そーゆーサプライズってことね。……お父さんには言ってあるの？」

お母さんに訊《き》かれて、月愛と黒瀬さんは顔を見合わせる。

「言ってあるってゆーか、えーっと……」

月愛がしどろもどろになる。

「来るってゆーか……」

すると、お母さんは目を見開いた。

「ウソ⁉　あの人も来るの⁉　ここに？」

「ねぇ、お母さん。黙っててごめんね」

すかさず、黒瀬さんがお母さんに話しかける。

「わたしたち、また昔みたいにクリスマスパーティがしたかったの。お父さんが来るって言ったら、お母さん来てくれなかったでしょ？」

けなげな娘の訴えに、お母さんは眉を曇らせる。

「……そりゃあね……そんなに会いたい人ではないけど」

「………」

月愛と黒瀬さんの顔つきが暗くなる。

「でも、あんたたちがみんなで会いたいって言うなら別よ。お母さんは大人だし。お父さんもね」

月愛と黒瀬さんは、目を見開く。

「じゃあ……」

「いーよ。クリスマスディナー、久しぶりに楽しもーね」

お母さんの微笑《ほほえ》みを見て、月愛と黒瀬さんが目を見交わした。

「や……やったぁ！」

「てゆーか、どうしたの？ 二人、ずっとケンカしてなかった？ 海愛が月愛の学校に転校したいってゆーから仲直りできたのかなと思ってたら、学校のみんなに姉妹だってことナイショにしてたでしょ？ 体育祭のとき、びっくりしたんだからぁ」

「それは、えーっと……」

「別に、ケンカっていうか……」

月愛と黒瀬さんは、ばつが悪そうに言葉を濁す。

「まーいーじゃん！ 今のあたしたちは仲良しってことで！ さっ、飲み物決めよー！」

月愛は明るく言って、テーブルの上のドリンクメニューを向かいの二人に渡す。

月愛と黒瀬さんの仲直りの経緯は複雑で、それを語るには、黒瀬さんの月愛への嫉妬や、月愛の悪い噂《うわさ》を流したことなども言わねばならないから、この場にはふさわしくないと思ったのだろう。

「えーどうしよう、じゃあ今日は飲んじゃおっかなぁ〜!」

お母さんが弾んだ声を上げてアルコールのページをめくり、月愛と黒瀬さんがこっそり目を合わせて微笑む。

月愛から事前に聞いた「ふたりのロッテ作戦」では、姉妹と、お酒が入った両親のほろ酔いトークで場が和気藹々《わきあいあい》としてきたところで、月愛と黒瀬さんが両親への想《おも》いを綴《つづ》った手紙を読み、元サヤ展開へ持っていくつもりのようだ。

そんなに上手《うま》くいくだろうかと心配していたが、今のところ、なかなかいい感じではないだろうか。

あとはお父さんだが、月愛の話によれば、お父さんの方はまだお母さんに未練があるようだし、一気に元サヤとはいかないかもしれないが、きっと今日の会食自体は成功するだろう。

そんな予感に、月愛のお父さんとの対面に緊張しつつも、ワクワクしていたときだった。

「お連れ様がご到着です」

個室のドアがノックされて、店の人の声がした。

開かれたドアを、個室内の全員が見る。

お父さんは、仕事帰りらしくスーツを着ていた。片手にコートを持ち、スマートな大人のいでたちだ。

お母さんも美人だが、さすが月愛と海愛の父親だけあって、お父さんもなかなかイケメンだ。以前、遠目に何度か見たことはあるが、近くで見ると、垂れ目がちなくりっとした目が、黒瀬さんと生き写しだ。もみあげを耳の上まで剃《そ》り上げたソフトなツーブロックの髪型も、細めな体格のせいか、いかつく感じない。おじさん臭さがない身体《からだ》にフィットしたスーツといい、身なりに気を遣っている人だというのが一目でわかった。

「明恵《あきえ》……⁉」

個室内に軽く会釈《えしゃく》したお父さんは、お母さんを見て固まった。つぶやいたのは、きっとお母さんの名前だろう。

一方で、お母さんも困惑した顔をしていた。

「そちらは……？」

えっ？　と思ってドアの方を見ると、お父さんの後ろに、店の人とは別の人影がある。

「あ、ああ……」

　お父さんが手招きして、人影が室内に入り、俺の席からもよく見えるようになる。

　それは小柄な女性だった。若い……といっても、三十代くらいなのかもしれない、ＯＬっぽい格好をした人だ。丸っこいシルエットのボブヘアからも、綺麗《きれい》というよりは可愛い印象を受けるが、平均より優れた容貌と言っていいだろう。

「月愛が彼氏を紹介したいって言うから……ちょうどいい機会だから、こっちも紹介しようかと思って……。来年の四月から一緒に暮らすつもりで、年明けには家族に言わないといけないと思ってたから……」

　言い訳のようにしどろもどろに言う父親に、月愛の顔が険しくなる。

「……どういうこと⁉　『一緒に暮らす』ってなに……⁉」

　うろたえる月愛に対して、お母さんは冷静だった。

「再婚するの？」

　尋ねられたお父さんは、元妻と後ろの女性を交互に見て、たじたじになりながら頷《うなず》く。

「ああ……」

　後ろの女性も、お父さんを見て「聞いてた話と違うけど？」という顔をしている。そんな圧に耐えかねたように、お父さんが後ずさった。

「これは……？　今日は一体……」

地獄のような沈黙が、こじゃれたレストランの個室に流れた。

それを打ち破ったのは月愛だった。

「……ひどい……ひどいよ……！」

肩を震わせて言うと、わあっとテーブルに突っ伏して泣き出す。

「月愛……」

俺は、そんな彼女の背中に手を当て、さするくらいのことしかできない。

周りを見る余裕などなかったが、その場にいる全員が気まずい顔をしているのが空気でわかった。

◇

結局、会食どころではなくなり、その場はお開きになった。

月愛のお母さんが支払いをしようとしたが、お店の人が「まだ何も頼まれていませんし、イブなので他のお客さんですぐ個室も埋まると思いますから」と言ってくれた。迷惑をかけてしまったのに申し訳ない、今度必ず食べに来ようね、と月愛のお母さんは黒瀬さんに言って微笑んだ。

月愛に比べて、黒瀬さんとお母さんの反応はだいぶドライだった。「あれからもう六年だしね」「あたしも一回再婚してるし」と言い合って、どこかさっぱりした顔で帰っていった。二人は、K駅近くのお気に入りの焼肉屋さんでディナーをやり直すつもりらしい。俺たちも誘ってもらったが、月愛が「帰る」と言うので失礼した。

あのあと、号泣する月愛を見て、婚約者の女性がショックを受けて店を飛び出し、お父さんも彼女を追って出ていった。

そして今、月愛は白河家のダイニングテーブルであるこたつの台の上に突っ伏している。さすがにもう泣いてはいないが、放心状態のように無気力で、俺と会話するだけの元気も残されていない様子だ。

無理もないだろう。

この一週間の月愛は、本当に生き生きしていた。「ふたりのロッテ作戦」の準備で忙しかったはずだが、まったく大変そうではなく、その瞳はいつも輝いていた。

——あたし、ずっと帰りたかった。おとーさんとおかーさんと、おねーちゃんと……海愛と、五人で住んでた家に。

あのときの、哀《かな》しげに虚《うつ》ろな瞳とは、別人のもののようだった。

ずっと戻りたかった家に、もしかしたら戻れるかもしれない。

その希望が、ここ一週間の彼女を輝かせていたんだ。

そして今、希望は脆《もろ》くも断たれた。

父親の再婚という形で。

ただでさえ、月愛は「おとーさんはおかーさんのことがずっと好き」と思っていたのだから、そのショックは計り知れない。

「………………」

壁のアナログ時計は、もうすぐ十九時になろうとしている。

今日はもう、クリスマスイブどころではないだろう。

傷心の彼女に、家族ではない俺がかけてあげられる言葉はなくて、俺はそっと立ち上がった。今はひとりにしてあげようと思ったからだ。

「じゃあ、今日はもう帰るね……」

そう言ったとき、服の袖を摑《つか》まれた。

「……やだ。行かないで」

こたつの台からわずかに頭を浮かした月愛が、上目遣いに俺を見つめていた。

「今夜はひとりにしないで」

な、なんだって⁉

ドッキーン、と心臓が破裂しそうなくらい大きな鼓動を打った。

「い、いや、ひとりじゃないよ、お父さんがいるし……」

「帰ってくるわけないじゃん。イブだよ？　あの女の人と一緒にいるに決まってる」

「そんな……」

まだ高校生の娘がいるのに、父親が帰宅しないで彼女と過ごすなんてことがあるか？

それとも、恋の渦中《かちゅう》にいたら、自分が父だとか保護者だとかいう意識も吹っ飛んでしまうのだろうか？

「だから、お願い……」

月愛は、濡れた瞳で俺を見つめる。赤く腫れぼったい目元が艶っぽくて……そんな目で見つめられると、俺は……。

「だ、だめだよ、月愛。そんな……」

帰らないで？　今夜はひとりにしないで？

それって泊まっていけってことだよな⁉

月愛の着ている白いニットワンピースは、肩の部分が切り取られたように開いていて、白い滑らかな素肌がのぞいている。こたつ布団《ぶとん》からは白い太ももが……。

思わず、ゴクリと喉が鳴ってしまう。

「なんでダメなの？」

月愛は俺の袖を摑んだまま、可愛《かわい》らしく小首を傾《かし》げる。

「いや、な、なんでって……」

おばあさんは旅行中、お父さんは帰ってこない……そんな状況の白河家で、月愛とふたりきりで一晩過ごすことになってしまったら。

童貞の俺だって、さすがに朝まで我慢できる気がしない。

「……いやっ、やっぱりダメだっ！」

俺は月愛の意思を尊重すると決めたんだ……月愛がしたくなるまで手は出さない……！

そう考えて帰ろうとする俺の袖を、月愛がなおも引く。

「どーしてそんなこと言うのぉ……」

その瞳に見る間に涙が盛り上がり、はらはら落ちて唇を艶やかに濡《ぬ》らす。

「やだよぉ……リュートまであたしを見捨てるの……？」

目元が、頬が紅潮し、聖夜の装《よそお》いに包まれた肢体が誘うようにくねる。

「……っ、いやっ……！」

目の毒とばかりに片目を瞑《つぶ》って正気を保とうとする俺に、月愛はせつなげに細めた瞳で訴えた。

「いいよ？　あたし……」

ぼんやりと開かれた唇が色っぽい。そこからのぞく赤い舌先に、思わず釘《くぎ》づけになってしまうほどに。

「リュートになら、抱かれていいから……」

「……!?」

「だから……あたしと朝まで一緒にいて……」

そう言うと、月愛は俺へ身を投げ出す。

座っていた月愛が、立っている俺の足に、全身の体重を預けるように抱きついている。

両足に、彼女のしなやかにやわらかい、熱っぽい弾力を感じる。
ヤ、ヤバい……このままでは……「立っている俺」が「勃《た》っている俺」になって、月愛のおでこに突起物が……！

パニックになりかけ、もうどうにでもなれ！　と彼女の両肩を抱きしめたときだった。

熱い……。

両足に抱きつかれたときから感じていたが、彼女の身体《からだ》は異常に熱かった。

「……月愛、熱ない？」

この熱さは、ただの火照《ほて》りとは思えない。

心配が性欲を凌駕《りょうが》して、たちまち理性が戻ってくる。

「ほえ？」

月愛は、焦点の合わないぼんやりした瞳で俺を見つめる。その口元は半開きで艶《なま》めかしい。

思えば、さっきから月愛がやたら色っぽく見えたのは、熱のせいもあったのかもしれない。

「体温計は？」

「そこの引き出しの、そこぉ……」

月愛の要領を得ない指示で体温計を探し当てた俺は、彼女が脇の下から抜いた体温計を見て驚いた。

「三十八度九分⁉」

九度台目前の数値にビビり倒して、おろおろする。

「薬……は、お医者さんにもらった方がいいよな……冷●ピタ……は、発熱時には効果ないって聞いたことあるし……じゃあ濡れタオル⁉　濡れタオルってある⁉」

「濡れたおる……？　濡れてないとダメなのぉ……？　リュートが濡らしてよぉ……」

月愛の発言がめちゃくちゃエッチに聞こえる！　発熱した月愛がセクシーすぎるせいか、俺の心が汚れているせいなのか⁉

テンパりながらもなんとか洗面器に氷水を張ってタオルを浸し、看病の準備ができた。

「月愛、大丈夫？　自分の部屋まで行ける？」

相変わらずこたつでぐったりしている月愛に声をかけると、月愛は力なく首を振る。

「ムリぃ……カンセツ痛くて動けない……」

「…………」

ということで、俺はぐったりした月愛をおんぶして、階段を上っている。

月愛は女性の中でも軽い方だと思うけど、俺の体力では、お姫様抱っこで階段を上る自信がなかったからだ。

背中に、弾力のある二つの膨らみが、やわらかく潰れて押しつけられているのを感じる。

「ふふ……」

熱で意識が朦朧《もうろう》としているのか、月愛は寝言のように笑った。

首の後ろに、月愛の吐息がもろにかかってくすぐったい。

「ふふふ……リュートの匂いがするぅ……」

「えっ⁉」

におい？　臭《にお》い……⁉

今朝風呂《ふろ》でよく洗ったよな⁉

ああ、出かける前にもう一度シャワーを浴びてくればよかった……何かを期待しているのを家族に悟られたくなくて、とてもじゃないけどできなかった。

「いい匂い……安心するぅ……」

月愛はうっとりと囁《ささや》く。

「………」

もうドキドキが止まらない。とりあえず、悪臭だと思われていなくてよかった。

ちなみに、親にはさっき「月愛が急に熱を出して、家族がいないから今夜は泊まりがけ

で看病する」と本当のことを報告したが、たぶんニヤニヤされているだろう。

「リュートぉ……好きぃ……」

ああ、月愛が今、健康だったら！　辛抱たまらなくて震えそうになる。

人をおんぶして階段を上ったのは初めてだが、興奮のせいで苦しさは感じない。ただちょっと、歩きづらさは感じていた。

両手に感じる素肌の太ももの弾力も、背中の感触も、首にかかる吐息も、すべてが貴重すぎてどこに集中すればいいかわからない。

たった十数段ほどの階段を、永遠に上り終わらなければいいと思った。

もちろん、無情にもというか当たり前にというか、二階にはすぐに到着した。

「この部屋だったよね……？」

奥の部屋のドアを開け、二度目となる彼女の部屋への訪問だ。ビデオ通話の背景で見慣れてはいるけど、実際に入るのは久しぶりなので、彼女の香りが立ち込めた室内に踏み込んだ瞬間、まるで凱旋《がいせん》したかのような高揚感で心が躍った。

しかし、今の俺の目的は、あくまでも看病だ。

朝起きてはね上げられた形のままと思《おぼ》しき、ほどよく乱れたベッドの掛け布団をめくって……背中の月愛をそっと下ろす。

「う〜ん……」

目を瞑ってぐったりしている月愛は、甘えたような声を上げてベッドに転がる。

その弾みで、丈の短いニットワンピースが捲《めく》れ上がって、なんと！

「……!?」

白いサテン地のような布が、太ももの付け根からチラッと顔を出した。

「わあっ！」

反射的に、掛け布団で隠してしまった。

白いつやつやの生地が、網膜でチカチカしている。

なんてもったいないことを……。しかし、あれを直視する胆力は、今の俺には残されていなかった。

そう、俺は看病のためにやってきたんだ。再度自分に言い聞かせて、下から洗面器を運んでくる。

「……リュート……？」

軽く絞った濡れタオルを月愛の額にのせたとき、月愛が薄く目を開いた。

「一瞬、おかーさんかと思っちゃった。そんなわけないのにね」

寂しそうに微笑《ほほえ》んで、月愛は天井に視線を向ける。

「小さい頃、あたしが熱を出してると、おかーさんがよくこうやって看病してくれたんだ」

高熱のせいで半ば夢心地なのか、月愛は懐《なつ》かしそうに目を細める。

「リンゴむいてくれたり、アイス口に運んでくれたり……食欲ないのに、いつもよりアレコレ出してくれるの」

「あぁ、親って風邪のときやたらかまってくるよね。具合悪いからそっとしといて欲しいのに」

傍《そば》の床に座った俺が言うと、月愛は首をめぐらしてこちらを見て、少し笑った。

「……リュートって、お母さんの前だと、普段よりちょっとだけエラそーだよね」

「えっ⁉　マ、マジ？」

まったく意識していなかったことを言われて、うろたえる。

「そうかな……？　別に反抗期とかじゃないと思うんだけど……」

もしかしたら、月愛の前だし、マザコンと思われたくなくて、無意識にそっけなく振る舞ってしまっているのかもしれない。親不孝者だと思われているのだろうか、と焦《あせ》る。

「ふふ、わかってるよ」

ちょっとおかしそうに、月愛は笑った。

「ワガママ言えるカンキョーで……ずっと安心して育ってきたんだろうなって思って見てたよ。……うらやましいな」

瞳に浮かんでいる寂しさの色を濃くして、彼女がつぶやく。

「あたしは、おかーさんに会うと、全然ダメ。嬉《うれ》しすぎて……子どもに戻っちゃうんだ」

自嘲するように微笑む月愛を見て、俺は体育祭のときの彼女の様子を思い出した。

お母さんに頭を撫《な》でられて、幼児のように嬉しそうな顔をしていた月愛。あれは彼女の素直さの表れだと思っていたが、確かに高校生の娘の反応としては、ちょっと違和感がある気もする。

「………」

そういえば、と思った。

月愛は、俺に「頭を撫でて」とおねだりしてくることがある。サバゲーのあとの観覧車の中でなどがそうだった。

俺は、月愛に触れることにドキドキしていたけど……ひょっとして、月愛にとって、あいうスキンシップは、お母さんから得ていたような安心感を求める行為なのだろうか？

「もし、おかーさんがあたしとずっと一緒にいてくれたら……あたし、小学生の頃から『彼氏が欲しい』なんて思わなかったかも」

俺が考えていたことを裏づけるかのように、月愛が独白した。

「おとーさんのことは、好きだけど……一度あたしたちを裏切ったおとーさんに、今までみたいに心を許すことはできなかった。おばあちゃんには、それまで年に数回会うだけだったから、一緒に住み始めたからって、いきなり甘えることはできなくて。おねーちゃんは彼氏んちに行っててほとんど帰ってこないし……あたしが心から甘えられる人は、この家にはいなかった」

熱で焦点の合わない瞳で天井を見つめながら、月愛は独り言のようにつぶやく。

「おかーさんも海愛もいなくなって……あたしはひとりぼっちになった。学校に行けば友達はたくさんいたけど……あたしは、友達よりももっと近くにいてくれる人が欲しかった」

それは、心からの切実な訴えに聞こえた。

「あたしが傷ついてたら抱きしめて、『月愛はいい子だよ』って頭を撫でて欲しかった。あたしのくだらない話を、朝でも夜でも、何時間でも笑って聞いて欲しかった……。そんなこと、してくれる人がいるとしたら、彼氏しかいないじゃん。あたしはもう、小さい子じゃないんだから」

思い起こすと、月愛は女の子に対してもスキンシップが多い。特に山名《やまな》さんと一緒にいるときは、過剰なくらいベタベタしている。

同じことを男に求めたら、当然エッチな方向に行ってしまうと思うし、元カレがすぐ月愛に手を出したのも、そいつらがチャラいからというだけの理由ではないのかもしれない。

俺だって、月愛のスキンシップの多さには、会うたびにドキドキ、グラグラしている。

前回この部屋に来たときの件があるから、我慢の日々を過ごし、時にダークサイドに堕《お》ち
そうになるけど……。

今まで、月愛は俺よりずっと大人だと思ってきた。

だけど、もしかしたら……。

彼女の内面には、幼いまま取り残されてしまった部分があるのかもしれない。

経験こそいろいろ積んでいるかもしれないが、もしかしたら月愛だって、そんなに大人
じゃないのかもしれない。

初めて、そんなふうに思った。

「……おかーさんは、寝る前にいつも、ぎゅーってしてくれたんだ」

ふと、月愛がつぶやいた。

「おかーさん……」

その目はせつなく細められ、瞳は水面《みなも》のように揺れている。

「ダメだった……。あたしと海愛は、『ふたりのロッテ』になれなかった……。もう永遠《えーえん》に、おかーさんと一緒に暮らせないよ……」

声を震わせる月愛を見ていたら、たまらない気持ちになってくる。

「俺がいるよ」

思わず、そう言って月愛を抱きしめていた。

「お母さんの代わりにはなれないかもしれないけど、俺がいるから」

「リュート……」

月愛も両手を伸ばして、俺の背中に回す。

「ありがと、リュート……」

心臓がドキドキしていた。

クリスマスイブの夜、月愛の部屋に二人きり。俺はベッドの上に片方の膝をついて、寝ている月愛を抱きしめている。

ダメだ、邪《よこしま》なことを考えては……今の月愛は病人なんだから。

そう自分に言い聞かせて、月愛の気持ちを考えてみる。

この部屋で、月愛はいつもどんな気持ちで過ごしているのか。

山名さんと毎晩のように電話しているのは、もしかすると家にいるときの寂しさを紛らわすためなのかもしれない。

お父さんに引き取られたことで、黒瀬さんと比べて経済的には安定したかもしれない。けど、月愛の心の支えは、お母さんだったんだ。それを失ってしまったことは、彼女にとって大きなダメージだったに違いない。

耳元に、月愛の息遣いを感じる。抱きしめた身体《からだ》は熱い。けれども、もう劣情は湧いてこない。

月愛を守ってあげたい。

俺の人生で、たった一人の女の子。

元気になって欲しい。身体も、心も……。

そんな願いを込めて抱きしめていると……月愛の両手から力が抜けた。

「……月愛？」

身体を離して見たら、月愛は目を閉じていた。その呼吸は、先ほどまでより穏やかだ。

どうやら、眠ったらしい。

額のタオルがずれていたので取り、洗面器で冷やして、再び額に置く。

洗面器の氷がなくなっていたので、入れてこようと部屋を出ようとしたときだった。

「リュート……」

月愛の声が聞こえて、俺は足を止めた。

「行かないで、リュート……」

その声で振り返って、ベッドの月愛に微笑《ほほえ》みかける。

「行かないよ。ここにいる」

だが、月愛から返事はない。両目も閉じたままだ。

「寝言……かな？」

だとしても、月愛の夢の中に俺が出演しているのだと考えると嬉しい。

聖夜は、ゆっくりと更けていった。

◇

ふぁさっ、と背中にやわらかな重みがかかるのを感じて、目を開けた。

というか、その瞬間になって初めて、自分が寝ていたことに気がついた。

「あっ、起こしちゃった？」

声がした方を見ると、月愛が立っている。うつ伏せで横たわる身体に毛布がかけられている。

一瞬状況がわからなくて混乱したが、俺がいるのは月愛の部屋で、昨夜は彼女を看病しながら床で寝落ちしてしまったようだ。予備校の勉強で寝不足気味だったからだろう。

部屋の時計を見ると、七時前だった。カーテンの隙間から朝の光が漏れている。

「あぁ、おはよう……」

月愛は、白ワンピからいつもの部屋着に着替えていた。

「具合は？　寝てなくて大丈夫？」

俺が尋ねると、月愛は微笑む。

「うん。熱下がったみたい。なんかお腹空《なかす》いちゃった」

あはは、とちょっと恥ずかしそうに笑う。

「あっ、そうだね……ごめん、何も作らなくて」

「んーん。あたしこそ、何もおもてなししてあげられなくてごめんね。リュートもお腹空いたでしょ？」

今は寝起きだからそんなにだが、確かに昨夜は空腹だった。

「あたし、クリスマスのごちそう作ってたんだよ。レストランで食べると思ってたから、チキンとケーキだけだけど」

「そっか……ありがとう」

「今から食べよっか？」

「えっ、朝から？」

チキンとケーキを？

「ムリ？　食べたくない？」

「いや、全然イケると思うけど」

俺の返答に、月愛は嬉しそうに笑った。

「やったぁ！　食べよ、食べよー！」

階下に降りると、居間は昨夜のままになっていた。やはりお父さんは帰ってこなかったようだ。

月愛が用意しておいてくれたのは、鶏《とり》の丸焼きと、ブッシュドノエル形のクリスマスケーキだった。市販のロールケーキを土台に、動画を参考にしながら作ったというケーキは、クリームの塗り方にかなりの素人《しろうと》感が出ていて、それがまた愛《いと》おしい。

「いただきまーす！」

食べ物を月愛の部屋に運んで、朝七時半からの、二人きりのクリスマス会だ。

「あっ、三十七・五度だって。すっかり下がったと思ってたのにー」

俺が「念のため測りなよ」と渡した体温計を脇に挟んでいた月愛が、それをパーカーの首元から引き抜いてテーブルに置いた。

「無理はしないで、今日は休んでた方がいいね」

「そうだねー……。ニコルたちと会う予定だったけど、キャンセルするよ」

月愛は早速スマホを取り出して、高速フリックを繰り出す。

「てか、このチキン味薄くない？　ごめんね～。塩かけて食べる？」

月愛が立ちあがりかけるので、俺は首を振る。

「いや、俺は大丈夫だよ」

どうもムラがあるみたいなので、さっきから濃いところと薄いところを探して一緒に食べていた。

「そ？　……あっ、そうだ！　これ、クリスマスプレゼント！」

月愛が昨日持っていた鞄《かばん》を開けて、中から取り出したものを俺に渡す。それは、緑の袋に赤のリボンというプレゼントの包みだった。

「開けて開けて！」

「う、うん……ありがとう」

袋を開けてみると、中には白い紙袋がいくつも入っている。それを取り出して見てみると……。

「お守り？」

出てきたのは、神社でよく売っているお守りだった。「学業守」とか「合格御守《おまもり》」とか書いてあるものと、「健康祈願」や「厄除《やくよ》け」に「交通安全」とかいうものまである。

「うん。最初は勉強のお守りだけ買うつもりだったんだけど、ニコルに『そんな勉強ばっかしてたら身体壊さね？』って言われたら不安になって、他にもいろいろ心配になっちゃって」

てへへ、と月愛が笑う。

お守りの種類だけでなく、よく見てみると、お守りに書いてある神社の名前も、一つだけではなかった。

「……もしかして、いくつも回ってくれたの？」

「え？　うん……。カントーの三テンジン？　ってやつ？　勉強のお守りで調べたら出てきたんだけど」

「『関東の三天神』？　そんなのあるんだ」

「うん。どうせならコンプしたくなっちゃって、ニコルと一緒に昨日回ってきたんだ」

「そうなんだ……。この、谷《たに》……保《ほ》……天満宮？　ってどこにあるの？」

「あーそれ『ヤボ』って読むらしいよ。んーと、新宿から京王《けーおー》線乗って、一回乗り換えたとこだったなぁ」

「えっ、めっちゃ遠くない？　レストラン行く前に三つ回ったってことだよね？」

「そそ」

「朝から？　寒かったでしょ？」

「あーうん。それは誤算だったぁ。前の日あったかかったのにー」

月愛は苦笑した。

神社は基本屋外だし、昨日の月愛の格好では、神社巡りは寒かったはずだ。急に熱を出したのもそれが原因なのでは……と思うと、申し訳ない気持ちになる。

「最近、リュート、めっちゃ勉強頑張ってるじゃん？　あたし、こんなことくらいしか、してあげられないから……」

「……ありがとう、月愛」

月愛の気持ちが嬉《うれ》しくて、胸がいっぱいになって熱くなる。

「お守り、全部つけるよ。受験まであと一年あるし、いっぱい守ってもらわないとな」

俺が言うと、月愛は頬を染めて笑った。

「えへへ」

「俺も、月愛にプレゼントがあるんだ」

「えっ⁉」

クリスマスに会う恋人にプレゼントを用意することなんて当たり前だと思うのに、月愛は驚いたように両目を見開く。

「ウソー⁉　なんだろ⁉」

「今持ってくるから……ちょっと待っててくれる？」

そう言って、俺は自分の鞄を持って、部屋を出た。

「メリークリスマ〜ス」

柄にもなく陽気な声を上げて部屋に入ってきた俺を、月愛は目をぱちくりさせて見た。

ヤバい、滑ったか……？

俺は、赤い帽子を被《かぶ》って赤い上着を着て、白いヒゲと眼鏡をつけていた。すべて百均で調達した、至極簡単なサンタのコスプレだ。

――サンタさんが家に来て、あたしたちにプレゼントを手渡しでくれたの。嬉しかったな。

――おとーさんだったんだけどね、サンタ。

サプライズ好きの月愛に、彼女が前に言っていた、小さい頃のクリスマスの思い出を再現してあげようと思ったからだ。

これを用意したときは、まさか昨日の会食があんなことになるとは思っていなかったし、今お父さんとの思い出を思い出させるのは逆効果だったかもしれない……と彼女の無反応が恐ろしくなって焦《あせ》る。

「えっと……これ、プレゼント……」

手に持った包みを、とりあえず月愛に手渡したものの。

なんと言ってこの空気を取り繕おう……と、乾いた唇を湿らせたときだった。

「……ふふっ……」

月愛は笑った。

笑いながら、片目から涙を零《こぼ》した。

「えっ⁉　る、月愛……？」

焦ってその顔を見ていると、彼女はポロポロともう片方の目からも涙を零している。

「ふふっ……リュートじゃん。靴下おんなじだからわかったぁ……」

月愛は俺の足元を指差して笑う。靴下が同じどころか、なんならズボンも一緒だし、仮装としては全然なクオリティなのだけど、月愛が泣きながら楽しそうに笑うから、俺もつられて笑った。

「はは……月愛のお父さんと一緒のミスしちゃったな……」

言ったとたんに月愛の涙が一気に溢《あふ》れ、やはり「お父さん」は禁句だったかとうろたえる。

「ご、ごめん……」

慌てて謝ると、月愛は涙を浮かべた瞳で首を振る。

「ううん、いいの。だって、あたしのサンタさんはもう、おとーさんじゃない」

そう言って微笑《ほほえ》んだ月愛が、急にこちらに身を預けてくる。

「……⁉」

不意に抱きつかれて固まる俺の耳元で、月愛がささやいた。

「……あたしに喜びをくれる人はリュートなんだって……それがわかったから」

「月愛……」

ウェーブのかかった髪に鼻先をくすぐられ、ドキドキが止まらない。

そんな俺からゆっくり身を離して、月愛が少し恥ずかしげに、俺を上目遣いに見た。

「ね、プレゼント開けていい？」

「う、うん、もちろん……」

改めてプレゼントを見た月愛は、テーブルの上で、包みを大事そうに開けた。

「……あっ、ピアス！」

「そう。その指輪、ムーンストーン……だったよね？　同じ石のがあったから」

「マジ!?　ほんとだー！」

月愛は、自分の右手の薬指にはまっている指輪と、ピアスを交互に見る。俺が夏祭りでプレゼントした指輪を、月愛はあれから、学校以外で会うときにはいつもつけてくれている。

今、月愛にあげたピアスは、指輪と同じ、白い天然石が煌《きら》めくゴールドの地金のデザインだ。ネットで買ったから同じショップのものではないけど、我ながら、おそろいのように似ているものを見つけられたと思う。

「月愛は、もうピアスはいっぱい持ってると思うけど……それくらいしか思いつかなくて、ごめん」

「ううん！　嬉しい！　ピアスって、何個持ってても集めちゃうし」

月愛は首をブンブンと振る。

「それに……リュートが選んで買ってくれたって思ったら、めちゃめちゃ嬉しい」

ほんのり頬を染め、月愛は微笑んで俺を見つめる。

「ありがと、リュート。……今つけてみるね」

そう言うと、月愛はつけているピアスを外し始めた。そして、ムーンストーンのピアスを両耳に装着する。

作業のために髪の毛が片側に集められ、白く細いうなじが現れる。その美しさと色っぽさに、俺はずっと見惚《みと》れていた。

「できた！　どう？」

月愛が、嬉しそうに新しいピアスを見せてくる。

「うん、すごく似合ってる」

俺がネットで購入するときに想像した何倍も、それは月愛によく似合っていた。

「やったー！　えへへ。今日はずっとこれつけてよ～」

そう言って、月愛は外したピアスを持ってベッドに上る。枕元の上にアクセサリースタンドが置いてあるから、しまおうとしているみたいだ。

そこで、ベッドに膝をついた月愛が、片膝の下からぬいぐるみを引っ張り出した。

「あっ、踏んじゃった。ごめんね、チーちゃん」

チーちゃん？

聞き覚えのある名前に、ハッとする。

「それ……」

俺が指さすと、月愛はぬいぐるみを掲げる。

「あーこれ？　猫のチーちゃん。可愛《かわい》いでしょ？　めーっちゃ昔に、海愛からもらったんだよね」

片手でピアスをしまった月愛は、チーちゃんを抱えてベッドから下りてくる。

チーちゃんは、小さな猫のぬいぐるみだった。なんのキャラクターかはわからないけど、プラスチック製のつぶらな瞳が可愛らしい。

「……海愛はね、おねだり上手だったんだよ。うらやましかったな」

ベッドの下に座った月愛は、チーちゃんを見つめて、ふとつぶやく。

「あたしは昔から思ったことすぐ口に出すから、気持ちを軽く見られるみたい。おもちゃとか『欲しい！』って言っても、はいはいって流されて、あんまり相手にしてもらえなかった」

苦笑するように、月愛は俺に笑いかける。

「でも、海愛はあたしに比べて無口で、おもちゃ売り場でも、何も言わずにじっと商品を見つめてるから、大人はそういう子に『買ってあげたい』って思うみたい。海愛は小さい頃から伯母さんに可愛がられてたし、いろんなもの買ってもらってたな。これもそのひとつなんだ」

「そうなんだ」

「でもね、海愛はそもそも、あんまり欲しくなかったみたいなんだよね。欲しくないから、『欲しい』って言わなかっただけで。だから、あたしがもらったんだ」

黒瀬さんから聞いたエピソードを、月愛の視点で聞くのは新鮮だ。

「でもね、一度、海愛がチーちゃんを返してって言ったことがあって」

そう言う月愛の眉が、少し曇る。

「すっごく悲しかった。チーちゃんは最初からとっても可愛かったのに、部屋の隅で埃《ほこり》まみれにしてたのは自分でしょ？　あとで返して欲しくなるくらいなら、最初から自分が可愛がってたらよかったじゃん。それなのに、あたしが大切にし始めてから、どうしてそんなこと言うの？　って。悲しくて、ムカついて、叩《たた》いちゃった。だって、リフジンじゃない？」

月愛は、罪悪感とやるせなさが入り混じった表情をしている。

そんな彼女に、俺は言った。

「……黒瀬さんは、チーちゃんが惜しくなったわけじゃないんだよ。月愛が可愛がってるものだから、チーちゃんが欲しくなったんだって」

「え？」

「月愛のことが好きだから。憧れてたから、近づきたかったんだ」

「……それ、海愛が言ってたの？」

月愛は、表情をやや硬くした。

「うん。俺と、まだ友達だった頃に」

俺が言うと、月愛は軽く唇を噛《か》んで俯《うつむ》く。

「そっかぁ……」

次に顔を上げたとき、その表情はもう明るかった。

「じゃあ、リュートはチーちゃんのこと知ってたんだね」

「実物見るのは初めてだから。思ってたより綺麗《きれい》でびっくりした。大事にしてたんだね」

確かに全体的に年季の入ったくたびれ方をしているけど、いやな薄汚れ方はしていないし、こまめに手入れをして可愛がってきたことがうかがえる。

「うん！」

チーちゃんを抱っこして、月愛は笑った。

そんな月愛を見て、俺も微笑が溢れる。

「黒瀬さんと、元通りになれてよかったね」

「……ん、そうだね」

頷《うなず》いた月愛の、一瞬のためらいが気になった。

「……まだ何か、気になることが？」

俺の問いに、月愛はゆるく首を振る。

「んー ん。ただ、やっぱり完全に前みたいには戻れてないかなって感じるんだ。壁があるってゆーか……。六年も、ほとんど連絡取ってなかったからね。その間の海愛の気持ちとか、事情とか、わかってないことも多いと思うし。向こうもね」

「そっか……」

それは仕方がないことなのかもしれない。

「でも、少しずつ話し合って、戻っていけるといいね」

「そだね。……ほんとにそう思ってる」

薄く微笑んで、月愛はつぶやいた。

「またみんなで暮らすことはできなくても……せめて、海愛とは前みたいに仲良くなりたいから」

俺も、本当にそう思っている。そして、黒瀬さんにも笑顔が増えればいいなと思う。

「……あたし、ばかみたいだったな」

そこでふと、月愛が自嘲気味につぶやいた。

「クリスマスイブが結婚記念日だから、どーしたって話だよね。おとーさんもおかーさんも、もうとっくに前に進んでたのに」

月愛は、チーちゃんの頭に顎がめり込むくらい、ぎゅっと抱きしめている。

「あたし一人、この一週間、勝手に浮かれて、張り切って、失敗して、落ち込んで……なにやってたんだろって感じだよ」

「そんなこと……」

月愛がかわいそうになって、俺は話題の変え先を探した。

そして、思わず「あっ」と声が出た。

「記念日っていえば……先週、半年記念だったよね？」

俺の言葉に、月愛も「あっ」と目を見開く。

「そうだ！　そうだよっ！」

信じられないように、月愛は叫んだ。

「えっ、なんで忘れてたんだろ!?　テスト中までは覚えてたのに！　え〜っ、半年記念日はちゃんとお祝いしたかった〜！」

「仕方ないよ。イブの準備で忙しかったからね」

俺も、テスト後は冬期講習の予習に追われていて、今まで忘れていたし。

先週のことを思い出しながら、月愛を見たときだった。

「……ど、どうしたの？」

ぎょっとして、思わずフリーズした。

月愛は泣いていた。チーちゃんの頭に、涙がポロポロ降りかかっている。

「月愛……？　大丈夫？」

半年記念を祝い忘れたのがそんなにショックだったのだろうか、と焦《あせ》っていると、月愛は首を左右に振る。

「違うの。……まさか、あたしが彼氏との記念日を忘れる日が来るなんて……」

そうつぶやいて、月愛はチーちゃんの頭に顔を埋《うず》める。

「リュートとのお付き合いが、あたしの中で、ほんとに日常のことになったんだなぁって思ったら……嬉《うれ》しくて……」

「月愛……」

元カレとの記念日を、月愛はどんな思いで迎えていたのだろう？

あと一ヶ月。あと一週間……。それまでこの人と付き合っていられるだろうか？

そんな気持ちで、指折り数えて過ごしていたのだろうか。

だとしたら、俺は月愛に、元カレたちがあげられなかった安心をあげられているのかもしれない。

そう思うと、心が強くなる気がする。

「じゃあ、今からお祝いしよう。二人の半年記念日」

俺が言うと、月愛は顔を上げた。

「うんっ！　そうだね」

両目の涙を拭って、月愛は微笑をたたえる。

俺たちは、少なくなっていたグラスのコーラを注《つ》ぎ足し、改めてグラスを合わせる。

「メリークリスマス！　アーンド……二人の半年記念日に、カンパーイ！」

月愛の明るい声が、彼女の城に響き渡る。

月愛と迎えた初めてのクリスマスは、こうしてほんの少しのほろ苦さとともに、穏やかに過ぎていった。

第三・五章　ルナとニコルの長電話

「マジか……。……なんてゆーか……ダメだ、言葉が出ないわ」

「…………」

「とにかく、残念だったね……『ふたりのロッテ』作戦」

「ん……」

「てか、電話してて大丈夫なの？　ルナ病み上がりなんでしょ？」

「うん、それはへーキ。もう熱は下がったし、ちょいダルいくらいだから。今日のクリスマス女子会、行けなくてごめんね」

「そんなのはいいから。ムリしないでよ。今日は早く寝な」

「はーい！　……ふふ。ニコル、お母さんみたい」

「よく言われたわ、部活の後輩とかに」

「……おかーさんかぁ……」

「……ほんと、こんなことになるなんてね。ルナ、すごく頑張ってたのにね」

「ん……。でも、仕方なかったんだよね。二人の気持ちがお互いに向いてないのに、ムリヤリ再婚させることなんてできないしね」

「……だいじょぶ？　ルナ、ヘコんでない？」

「うん。リュートがいてくれたから。一人だったら乗り越えられなかったかもしれないけど……」

「すごいよね。昨夜、ずっと看病しててくれたんでしょ？」

「うん」

「エロいこと、一切ナシで？　寝てる間に変なことされなかった？」

「リュートはそんなことしないよぉ〜」

「へぇ〜。ほんとに男なの？　セーヨクあんのかね？」

「…………」

「どした？　ルナ？」

「あると思うよ。リュート、体育館倉庫で海愛《まりあ》のこと押し倒したんだって」

「えっ!?　何それ、いつの話よ!?」

「夏休み前……」

「どーいうこと!?」

「それでも思いとどまってくれたから、いいんだけど」

「だからって……まぁいいけど、ルナが納得してんなら」

「……納得、してないよ」

「じゃあ……」

「そうじゃなくて、納得してないのは、リュートが昨夜、あたしにエロいことをしようとしなかったこと！」

「は？」

「おかしくない？　大好きな彼女と、イブの夜に二人きりでいて、ムラムラしないのおかしくない？」

「いや、そりゃルナが熱出してたからでしょ？　あたしがフォローするのも変だけど、それどころじゃないっていうか、看病に徹してくれたんじゃないの？」

「でもさ、セーヨクってそーゆーもんじゃないんじゃないの？　理性では抑えられないってゆーか」

「まぁ、それも人によると思うけど……。そんなにヤリたくないのかもしれないし、愛してるからガマンできるのかもしれないし」

「ねぇ、リュートはどっちだと思う？」

「はぁ⁉　そんなこたぁ、あたしよりあんたのが知ってるでしょーよ」

「わかんないよ～！　リュートとそんな話したことないもん」

「てか、そーゆー話わざと避けてたんじゃないの？」

「なんで？」

「彼氏とそんな話したら、エロい空気になるじゃん。まだエッチしたくなかったんでしょ？」

「わかんない～！　わかんないけど、リュートが海愛のことは押し倒したのに、あたしとは一晩過ごしてもなにもしてこなかったって考えると、めっちゃムカムカする！　あたしに魅力がないのかなって心配になる……」

「……江ノ島のときは？」

「え？」

「江ノ島のときも、一晩一緒で何もなかったじゃん。ルナだって病気じゃなかったし」

「そだね……」

「あのときのことはいいの？」

「……あれは……だって、あのときは、まだ付き合って一ヶ月だったし……」

「……もしかしてルナ、そろそろヤリたくなってきた？」

「えっ⁉　そ、そーなの⁉」

「そーゆーことじゃないの？」

「えっ、わかんない！　ただ、めっちゃ考えちゃう……リュートがどんな顔して海愛のこと押し倒したのかとか、勝手に妄想しちゃう……嫉妬しちゃうのに。考えない方がいいって、わかってるのに」

「……それは恋だね」

「うん？」

「ようやく『恋』になったんだね」

「えっ、どゆこと？」

「ルナの恋愛の始まりってさー、いつも恋じゃないじゃん？」

「そーだね……。でも、じゃあ、なんだったんだろ？」

「んー、どっちかつーと人類愛的な？」

「えっ、なんかソーダイ！」

「自分のこと好きって言ってくれる人だから、頑張って好きになろーって感じだったでしょ？　だから、向こうが離れてったら終わりだったじゃん。傷ついても、すがりついてまで引き止めたりはしなかったし」

「ん……」

「だから恋じゃなかったんだよ。でも、それがやっと恋になったんだね。カシマリュートで、初めて」

「初めて……そうだね」

頬を紅潮させてつぶやいた月愛《るな》は、ベッドの上で抱えた膝に、くすぐったそうに視線を落とした。

「こんなあたしでも……リュートにあげられる『初めて』があったんだぁ……」

第四章

年が明けて、新しい一年が始まった。

元日の午後、俺は月愛《るな》と一緒に初詣に出かけた。

「いい景色だね」

高台にある神社に着き、階段を上りきったところで振り返った俺は、思わず声を上げた。

近くに見えるのは住宅街や電車が行き来する線路だけど、遠くまで広がるパノラマと冬晴れの青空が気持ちいい。

月愛が昔、お父さんやおばあさんに連れていってもらったというA駅の近くにある神社は、地元では初詣客に人気があるようで、昼過ぎでも参拝する人で行列ができていた。

「ん……そうだね」

月愛は言葉少なで、ふわふわの白いショールに首を埋《うず》め、繋《つな》いだ手を寒そうに俺のコートのポケットに入れる。

月愛は、新年らしく晴れ着に身を包んでいた。鮮やかな寒色系の着物がよく似合っていて、いつまでも見ていたい尊さだ。

しかし、装いとは裏腹に、彼女の表情は晴れやかではない。

「…………」

クリスマス以来、月愛は元気がなかった。風邪はもうすっかり治ったようだから、体調の問題ではないだろう。

「……明日、家に福里《ふくさと》さんが来るんだって」

福里さんというのは、お父さんの婚約者の名前だ。大阪の病院の受付で事務をしていて、お父さんとはマッチングアプリで知り合い、この夏から付き合っているらしい。

数ヶ月間、お互いが東京と大阪を行き来して月に数回会っていたらしいが、彼女に東京での転職先が見つかり、最近この辺りに引っ越してきたという。

「てかさ、おとーさん、体育祭、前の日になって急に来れなくなったじゃん？　あれって、彼女が今住んでるマンスリーマンションの内見に行ってたらしいよ。彼女のとこに『ご希望の物件の空きが出ました。他にもお探しの方がいるからすぐに決めてください』って不動産屋さんから連絡あって、東京行くから一緒に見に行って欲しいって言われたんだって。出張じゃなかったんだよ」

「……そうだったんだ……」

なんと言っていいかわからなくて、それしか言えなかった。

月愛のお父さんだから批判はしたくないけど、俺は月愛の彼氏だから、どうしてもお父さんに怒りを覚えてしまう。

娘がいるのに。

もちろん今のお父さんはシングルだし、彼女を作るのも会いに行くのも自由だ。でも、それは高校生の娘が楽しみにしていた行事よりも優先されることなのだろうか？

「……やだな、明日。ニコルと遊びに行く約束してるんだけど、その前に挨拶くらいはしなさいって言われた。福里さんが、クリスマスイブのときのあたしの態度にショック受けてたから、謝れって」

「……そうなんだ」

果たして月愛が謝る必要はあるんだろうか？　お父さんの立場にしてみたらそうして欲しいのかもしれないけど、どうにも解《げ》せない。

「やだな……やなことばっかだな。三月になったら、福里さんが引っ越してくるんだって。あたしの隣の部屋……昔おじいちゃんの書斎だったとこが、あの人の部屋になるんだって」

「……そうなんだ」

「ほんとやだ……。それまでに、あの家から出て行きたいよ。ニコルは『うち来てもいいよ』って言ってくれるけどさ、ニコルんち二部屋しかないし、お母さんにも悪いから、そんな何ヶ月もいられないじゃん？」

月愛はため息をつきながら言う。

「ほんとやだな……。どうしよう、あたし、これから。バイトでも始めようかな？　でも、高校生で一人暮らしの部屋って借りれる？」

「うーん……」

調べたこともないからわからないけど、たぶん親に無断では難しいだろう。

答えあぐねる俺を見て、月愛はふと微笑《ほほえ》む。

「リュートと一緒に暮らせたらいいのにな」

ふざけたような口ぶりだったけど、彼女が半分本気でそう思っているのがわかった。

「……そうしようか」

「え……？」

俺の言葉に、月愛が瞳を揺らめかせる。

「って、どうするの？」

「二人で、遠くの街に行って……」

「どこに住む？」

「……ホテル……はお金がかかりすぎるよな」

それなら、夏休みのときみたいに、月愛のひいおばあさんのサヨさんの家とか、俺の祖父母の家とか……いずれにしても、高校をサボって居すわっていたら、すぐに親に連絡されてしまう。長期滞在はできない。

となると、やはり宿泊施設しかないか。家を借りることができない以上は。

それには、お金をどうにか工面しなくてはならない。

「……俺が働くよ。日雇いのバイトとかで、なんとかして」

「えっ、でも学校は？　リュート、予備校の勉強だって頑張ってきたじゃん……」

確かに、そうなってしまったら、高校生活や大学受験どころではない。

それに、日雇いのバイトといったって、どんなものがあるか、どうやって見つけるのかも想像がつかない。運良く仕事にありつけたところで、とんでもない肉体労働かもしれないし、体力に自信のない俺が、そんなことで月愛を……結婚して子どもを三人持ちたいと言っている彼女を、幸せにできるのか？

考えているうちに、どんどん破綻が見えてきて、俺は押し黙るしかなくなった。

「……ごめん……。現実的じゃなかった」

「ううん。いいよ、リュート。気持ちだけで嬉《うれ》しい」

月愛は優しく微笑んだ。

「今はムリだよね。だから『一緒に暮らせたら』はジョーダンだよ、ふふ」

情けない顔をしている俺に、月愛がそう言って笑った。やけに明るい笑い声だった。

俺は、自分の力のなさに落ち込んだ。月愛が元気を取り戻した様子になったことが救いだった。

そうこうしているうちに参拝の列はいつの間にか進み、俺たちは賽銭《さいせん》箱の前に押し出されるように立つ。

周りの大人たちの見様見真似《みまね》で二礼二拍手して、並んで手を合わせた。

先に祈り終わって目を開けると、隣の彼女はまだ目を閉じている。

「なに祈ったー？」

列を抜けて、軽い解放感とともに境内を歩いているときに、月愛に訊《き》かれた。

「うーんと……」

ちょっと言おうかどうか迷ったけど。

「……『月愛にとって幸せな年になりますように』って」

さっきの彼女を見ていたら、そう祈らずにはいられなかった。

「だから、大丈夫だよ。二人分の祈りだから、きっと神様に届くはず」

俺の分の祈りと、月愛本人の祈り。みんな自分のことを第一に祈るはずだから、ここにいる誰よりも、神様に与えたインパクトは大きいはずだ。

この素敵な女の子の笑顔を奪うような出来事が、もう二度と起こりませんように。

ダメ押しのように、俺は心で祈った。

「リュート……」

月愛は瞳を潤ませ、じっと俺を見つめている。

そして、ふと泣き笑いのような表情になって、口を開いた。

「……ふふ、ごめん。じゃあ、あんまり意味ないことしちゃったかも」

「え？」

どういうことだ？　と考える俺に、月愛は微笑んだ。

「『あたしの分も、リュートを幸せにしてあげてください』って祈っちゃった」

「……月愛……」

心がほわっと温まり、すぐにじーんと痺《しび》れてくる。

なんて優しい子なんだろう。自分が今、こんなに辛《つら》い境遇にいるのに、神頼みで人の幸せを願えるなんて。

「ねぇ、この場合ってどうなるの？」

月愛が興味深そうに俺に尋ねる。

「あたしたち、二人とも幸せになるってことでいいのかな？」

そんな彼女に、ほほえましい気持ちになる。

「そうだね、たぶん」

俺たちはどちらからともなく手を繋ぎ、神社の階段を下りていく。

一日のうちで最も太陽の恩恵を受けた時間帯の空気のはずだが、顔に当たる風は、鼻が痛くなるほど冷たい。

互いのぬくもりを求めるように身を寄せ合って歩きながら、俺は、神様は早速月愛の願いを叶《かな》えてくれたのではないかという気がしていた。


「ねぇ、ちょっとお茶して行かない？」

神社のある高台を下り、なんとなく月愛の家の方向に向かって歩いていたとき、月愛が言った。

「いいけど……いいの？　今日はお父さんもおばあさんも家にいるんでしょ？」

「うん……だからさ」

月愛は硬い表情で俯《うつむ》く。

「今はおとーさんと一緒にいたくない……。明日のこととか言われそうだし」

「そっか……」

月愛の気持ちはわかるので、駅前に向かい、営業しているチェーン系のカフェに入った。

「はぁ……帰りたくないな」

席に着いてドリンクを飲みながら、月愛は嘆息する。

「三月から……毎日こんなふうに思わなきゃならないのかな。……あたしの家なのに」

「でも、福里さんとはまだちゃんと話したことないんでしょ？　もしかしたら、いい人かも……」

「ムリ」

とりなそうとした俺の言葉を、月愛は言下に却下する。

「だって、おとーさんの結婚相手ってことは、あたしの新しい『お母さん』ってことでしょ？　あたしにとってのお母さんは、おかーさんだけだもん……」

マグに入ったキャラメルマキアートのホイップを溶かすように、月愛は両手でマグを揺する。

暖房の効いた室内は、心がほぐれるような暖かさだったけれども、月愛の表情は硬いままだ。

「受け入れられないよ。ひとつ屋根の下で、自分の父親が、あたしと縁もゆかりもない女の人と一緒に寝てるなんて……」

と、月愛はマグを揺らす手を止めて。

「考えたくもない……気持ち悪い」

吐き捨てるように、そう言った。

「…………」

最近、少しずつわかってきた。月愛は物分かりがよくて大人な、ただのいい子なんかじゃない。

彼女が日頃ニコニコして受け入れていることは、実は月愛にとっては「どっちでもいいこと」なのかもしれない。

「ふたりのロッテ作戦」のときもそうだったが、自分が譲れないことに関して、月愛はこんなにも頑固で意固地で、ワガママだ。

太陽みたいに明るいだけじゃない。

月のような陰も秘めている。彼女は「月愛」だから。

いい子でも、大人でもない。

十七歳の、どこにでもいる、普通の女の子なんだ。

「はぁ……」

そんな月愛が、目の前でため息をついている。

——リュートと一緒に暮らせたらいいのにな。

頭の中で、さっきの月愛の言葉が繰り返し流れていた。

同時に、さっき味わった無力感が再び襲ってくる。

彼女がこんなに悩んでいるのに、俺は神頼みくらいしかしてあげることができないのか？

俺がもし、大人だったら。

自分の稼ぎがあって、自立できていたら……「俺の家に来なよ。一緒に住もう」って堂々と言ってあげられるのに。

今の俺では、どうすることもできない。高校生二人が感情任せに駆け落ちしたって、すぐに立ちゆかなくなるのは目に見えている。

だったら、俺にできることは、なんだ？

考えるんだ。

月愛に新しい居場所を作ってあげることができないなら、彼女が今いる場所を守ってあげるしかない。

それにはどうしたらいいか。

「……月愛、今からお宅にうかがってもいい？」

「えっ？」

月愛は驚いた顔をする。

「おとーさんも、おばあちゃんもいるけど？」

「うん。ご家族には、お正月から悪いけど……ちょっとお父さんとお話がしたくて」

俺なんかに、お父さんを説得できるかどうか、わからない。

でも、それしかないんだ。

今ほど「早く大人になりたい」と思ったときはない。

けど。

俺は大人じゃない。悔しいけど、まだ、到底。

子どもは、大人に守ってもらうしかない。それはもう、しょうがなくて、どうしようもないことなんだ。

だから俺は、月愛と無謀な逃避行をする代わりに、月愛のお父さんに、月愛の居場所を守ってくれるようお願いする。

俺にできることは、きっとそれしかない。

◇

白河《しらかわ》家の居間には、元日のお笑い特番が流れていた。

勧められたこたつにも入らず正座している俺に、月愛のお父さんも何かただならぬものを感じたらしく、怪訝《けげん》な顔をして言った。

「……それで、話って?」

月愛のお父さんは、スウェットのような部屋着に、寝癖のついた髪の毛と、この前とは打って変わってオフモードの姿だった。

こたつの上には、皿に載ったおせちっぽいおかずと、缶ビールが数本。人様の家のプライベートに乱入してしまった感がありありとして、申し訳なさに身体《からだ》が縮こまった。

月愛のおばあさんは、元日いきなり押しかけた俺に驚きつつも、「お雑煮でも食べる～? 今から作るわ!」と台所へ立った。豊かなグレーヘアをピンクがかった紫色に染めた、月愛から聞いていた通りのオシャレで快活な人だった。

「ええ、実は……」

震えそうな声をなんとか喉から押し出して、俺は言った。

「ちょっと……お願いがありまして……」

「お願い？」

「そ、その……月愛さんは、三月からお父さんの再婚相手の方と一緒に暮らすということに、大変ショックを受けてまして……えっと、あの、なんとか待っていただけないかと……」

伏し目がちにおどおどと言った俺に、月愛のお父さんは、やれやれというように首を振る。

「そのことなら、月愛にはもう話してあるから」

そんなことを言いにきたのか、という呆《あき》れのような視線を感じる。

月愛は、俺の後ろで、同じく正座していた。そんな娘を一瞥《いちべつ》して、月愛のお父さんは口を開く。

「俺には俺の人生がある。家族だって、それぞれ一人の人間だ。一緒に住んでたって、お互いの自由を尊重する必要がある……そう思うからこそ、月愛にだって、今までかなり自由にやらせてきたつもりだ。月愛ももう十七歳で大人だし、そのくらいのことは理解してもらわないと困る」

その発言を聞いたとき、心にカチンと来るものがあった。

さっき神社で抱いた屈辱のような悔しさが、三度込み上げてくるのを感じた。

「高校生は、大人じゃないです……」

早く大人になって、月愛に追いつきたいと思っていたけど。

俺も月愛も、大人じゃない。

高校生って、歪《いびつ》な存在だ。

見た目はほぼ大人で、趣味趣向もはっきりして、自分なりの考えを持っていたり、大人ができることは大体できたりして、自分でも大人みたいな気になってしまうときがあるけど。

でも、一人では生きていけない。生きる糧《かて》を稼ぎ出す術《すべ》を、まだ持っていないから。

悔しくて、もどかしくて、どうしようもないけど。高校生は、まだ「子ども」なんだ。

そして、大人には子どもを守る義務がある。

「子どもが毎日安心して暮らせる場所を用意するのは、大人の役目です」

そうじゃないと、俺たちは生きていけないんだ。

「どうか……この家から月愛さんの居場所を奪わないでください……」

頭を下げる俺の背後で、月愛も頭を下げているのが衣《きぬ》ずれの音でわかる。

「そんなこと言われてもね……」

少しの沈黙のあと、お父さんが言った。

「こっちにも事情があって。こんなこと、娘に言うのも気が引けるから黙ってたけど……」

頭を上げると、お父さんは気まずそうな顔をしていた。

「うちの彼女、婦人科系……子宮に持病があるんだ。年齢ももう三十七だし、向こうは初婚だから、子どもが欲しいと言っていて。もしかしたら自然妊娠は難しいかもしれないから、不妊治療を始めるつもりなんだけど」

首をゆるく掻《か》きながら、お父さんはボソボソと説明する。

「もうすでに先生に相談してるんだけど、積極的な不妊治療は配偶者との間でしか行えないらしい。そのためにも、早く結婚する必要があって」

お父さんが視線を外しがちなので、俺も正視したらいけない気がして、床や壁に視線を散らす。

「自然妊娠の希望も捨てたわけじゃないから……そういうこともあって、早く一緒に暮らしたいんだ」

童貞の俺には生々しすぎるワードの連発に、ろくに意味もわからず視線は泳ぎっぱなしだ。しかも彼女の父親からそんな話をされている緊張感も相まって、心臓が尋常じゃなくバクバクする。

俺なんかお呼びでなさすぎて、今すぐ帰りたい。

でも。

ここで「はぁ、そうですか」と引き下がってしまったら、月愛の状況は好転しない。

「…………」

お父さんの事情は、お父さんの事情。

俺が考えているのは、月愛の幸せだ。

月愛を第一に考えているから、捨ててきたものだってある。

頭の中に、黒瀬《くろせ》さんのことがちらついた。

俺ですらそうなのに、なぜ月愛を一番に愛しているはずの父親が、それをしてくれないのだろう。

ゆっくり深呼吸してから、俺は再び口を開いた。

「……えっと……物事には、順序があると思うんです」

今から、月愛のお父さんにはとても失礼なことを言うかもしれない。

でも、黒瀬さんと友達をやめた俺だからこそ、言わずにはいられなかった。

「し、失礼ですけど……お父、いやあの、月愛さんのお父さんは……その方と結婚するために、月愛さんのお母さんと別れたんでしょうか？」

月愛のお父さんは、露骨に心外そうな顔をする。

「まさか、そんなわけないだろ。彼女と知り合ったのは最近だし」

その隙をついて、俺は切り込んだ。

「だったら……その方とのご縁は、そもそも昔、月愛さんのお父さんが……うわ、浮気《うわき》しなかったら、ありえなかったものなんじゃないでしょうか……？」

大の大人が目の前で絶句する顔を、生まれて初めて見た気がした。

反撃されないうちに、俺は頭をフル回転させて説得の言葉を探す。

「これから……まだ生まれるかどうかわからない子のことより……今すでに目の前にいる我が子の幸せを、優先してはもらえませんか？」

残酷なことを言っていると思った。福里さんが聞いたら傷つくだろう。

でも、それ以上にひどいことを先にしたのは、月愛のお父さんだ。

「その子は、すでにたくさん傷つけられてきたんですから」

誰に、とは言っていないが、言わなくてもわかるだろう。これでお父さんの俺に対する心証は最悪になったに違いない。

それでもいいと思ったんだ。人に嫌われるのは好きじゃないけど。

月愛を守るためなら。

とはいえ、お父さんがまだ言葉を失っているのを見て焦《あせ》り、とりなすように口を開く。

「あっ、あの、別に、月愛さんはお父さんに結婚をやめて欲しいわけじゃないんです。入籍されるだけなら、反対しないと思います。お相手の方と一緒に暮らすのを、少し待って欲しいだけなんです。せめて、あと一年ちょっと……月愛さんが高校を卒業するまで」

俺の言葉が耳に入っているのかどうか、お父さんはずっと俯《うつむ》いて押し黙っている。

台所から、包丁の音とともにおばあさんの鼻歌が聞こえてくる。まさか居間がこんな状況になっているなんて、露ほども思っていないに違いない。

テレビの中でふざける人気芸人たちが、別の惑星の人々のように見えた。

「…………」

俺から言うべきことはもうない。

地獄のような沈黙に耐えていると、ふとお父さんが立ち上がった。

「今日はもう帰ってくれ」

その顔には怒りが露《あら》わになっている。当たり前だろう。

「は、はい……突然お邪魔して、すみませんでした」

俺は正座からよろよろと立ち上がる。お父さんを説得することもできず、ただ怒らせてしまっただけの自分が情けない。

けれども、目が合った月愛は、ほのかに瞳を輝かせていた。

第四・五章　ルナとニコルの長電話

「……ってね、リュート、ちょーかっこよかったのー！」

「マジ？　意外！」

「おとーさんにガツンと言ってくれて、男らしくてほんとかっこよかった！　まだドキドキ止まんないんだけど～！　まさにロンパっていうの？　リュートって頭いいよね。あたしが『なんかおかしくない？』ってモヤモヤしてたこと、全部おとーさんに言葉にしてぶつけてくれて」

「ほぉ～やるじゃん」

「ちょーかっこいい！　あたしの彼氏サイコーって思った！」

「フフ、ルナがそんなこと言うなんてねー」

「え？」

「恋してんねー」

「うん……めっちゃ恋してる！　リュートが大好き……」

「じゃあ、そろそろ？」

「なにが？」

「エッチ。まだしてないでしょ？」

「あーうん……。これが『したい』って気持ちなのかな？」

「はぁ～？　ルナが『したい』って思うならそうなんじゃね？」

「わかんないの～！　こんなの初めてで……。ドキドキして、いつも一緒にいるのに、もっと近くにいたいって思うことが、そうなのかな⁉」

「うわ～うっざ。あたし今、彼氏に距離置かれてるんですけど。新年なのにあけおめLINEも来なかったんですけど」

「あ～ごめんニコル！」

「いいよ。他の男からはモテてるしね」

「えっ⁉」

「仁志名蓮《にしなれん》からあけおめLINE来たよ。『今年は俺と付き合うと大吉です！』って。なんのおみくじだよ」

「ウソ～⁉　てか仁志名くんとLINEやってたんだ⁉」

「サバゲーのとき、LINEに六人のグループ作ったじゃん？　あそこから凸ってきたみたい」

「ちょー積極的じゃん！　意外！」

「やっぱ、恋すると人って変わるのかね～」

「あはは、他人事《ひとごと》みたい」

「他人事だよ。あたしにはカンケーないし」

「……でも、恋すると変わるってのは、ほんとそうだね。あたしも自分で自分が信じらんないもん。彼氏にこんなにドキドキしてる自分が」

「あーはいはい」

「あたしばっかノロけてごめんニコル～～！　ニコルもノロけて⁉」

「やだよ、むなしーわ」

「仁志名くんのことでもいいから！」

「あいつはただの友達だし」

「じゃあ、あたしだけノロけていい⁉　ごめんね⁉　今日のリュート、マジでめっちゃかっこよかった～！　おとーさん、最後なにも言えなくなっちゃって、ちょースカッとジャパン！」

「へぇへぇ」

「大好きリュート～！」

「で、結局どうなったの？　再婚相手との同居は」

「それが、おとーさんね、最初は怒ってたんだけど、リュートが帰ってから、あたしに『少し考えさせてくれ』って言ってきたの。それで夜になって出て行ったから、彼女に話しに行ったのかも。しかも『そんなにいやなら、明日はとりあえず会わなくていい』って言ってきたから、朝から遊べるよん！」

「おーりょーかい！　じゃあマルキューの福袋並んじゃう⁉」

「行くー！　めっちゃ楽しみっ！」

ウキウキと答えた月愛《るな》は、笑琉《にこる》と明日の待ち合わせを決めて電話を切った。

そして、スマホのカメラロールを開き、今日初詣の帰りに鳥居の前で撮った龍斗《りゅうと》との自撮り写真を見つめて。

「……ありがと、リュート」

頬を染めて、そうつぶやいた。

第五章

月愛《るな》のお父さんは、福里《ふくさと》さんとの同居を「月愛が高校を卒業するまで」延期してくれることになった。どうやら福里さんの方も、高校生の娘と姑《しゅうとめ》とのいきなりの四人暮らしには不安があったようで、思ったよりもすんなりと受け入れてもらえたようだ。

「ありがと、リュート！　リュートのおかげだよ……」

ビデオ通話でそれを報告してくれた月愛は、目に涙を溜《た》めていた。

そして、三学期が始まった。

正月ボケがようやく治った頃に一月は終わり、二月に入ると、恋する男女にとっての一大イベントがやってくる。

バレンタインだ。

去年までは、俺には関係ないことだと無関心を決め込みながらも、何か奇跡が起きるんじゃないかと当日は心のどこかでソワソワしてしまう気持ちがあったが、今年は違う。

大手を振って、ドキドキできる。

「おはよ！　バレンタインデート、楽しみだねーっ！」

二月十二日の朝、登校してきた月愛は、俺の席に来てウキウキと話しかけてきた。

「おはよう。……そうだね」

周りの視線を気にしながら、俺は控えめに微笑《ほほえ》んだ。

バレンタインデートでは、原宿に行くことになっていた。月愛に希望を訊《き》かれて、バレンタインに何をしたらいいかわからなかった俺が「チョコレートを食べるとか？」と言ったところ、月愛のお気に入りのお店に連れて行ってもらえることになった。

教室内には、朝からそわそわした空気が漂っていた。一見いつもとなんら変わらない光景だけど、例年この「隠れそわそわ」を経験してきた身にはわかる。

今年はバレンタインが休日なので、金曜日の今日が、学校でチョコレートをやりとりできるチャンスだからだ。

そんな仮バレンタインデーの昼休み、いつものように陰キャ三人衆で昼飯のために集まると、そこには異様な雰囲気が漂っていた。

「……二人とも、どうした？」

イッチーもニッシーも、机を寄せ合って座ったきり、弁当も取り出さずにどんよりしている。

「イッチー？」

「なぁ、昨日のKENの配信見たか？」

イッチーに尋ね返されて、俺は首を振る。

「いや……昨日は予備校の宿題やってて見られなかった。週末にアーカイブ見ようと思って」

「俺も……ちょっとやることあって」

ニッシーもそう答えた。

するとイッチーは深刻な表情で、机の上に置いた拳を握る。

「……KENってさ、法応大卒らしいぞ」

「えっ⁉ マジで？」

法応大といえば、日本人なら誰もが知る、指折りの有名私大だ。

「KENってそんな頭いいのかよ⁉」

ニッシーも驚いている。

「元プロゲーマーで有名YouTuberで高学歴とか……人生チートすぎんだろ」

「だろ？ もう衝撃でさ……食事が喉を通んねーよ」

二人はショックを受けているようだが、俺はどこか納得していた。KENは真面目なトークでは筋が通ったことを言っていることが多いし、普段の動画ではふざけていても頭がいい人なんだろうなと思っていた。

「クソ～……俺たちも法応大目指すか？」

「ムリだろ……うちの高校からだったらCラン大学が妥当なとこだって」

「だよなぁ」

二人はため息をついて、暗い顔をしている。ゲームばっかりしてると思っていたKENに裏切られた、という感じなのだろうか。

そこで、俺はふと疑問に思う。

「そういえば、ニッシーはなんでさっき暗い顔してたんだ？」

俺と同じくKENの配信を見てなかったのだから、イッチーと同じ理由ではないだろう。

「あぁ……」

俺の問いに、ニッシーは急にもじもじし始める。

「実は、昨日ちょっとあるものを作ってさ……それを渡そうかどうか悩んでて」

「えっ？　作る？」

「渡す？　誰に？」

要領を得ない回答に、俺とイッチーが眉間に皺《しわ》を寄せる。

そんな俺たちから視線を逸《そ》らし、ニッシーは恥ずかしげに口を開く。

「……だからさ、チョコだよ……」

「えっ、チョコ？」

「作ったのか？　ニッシーが？　なんで？　食わせてくれるのか？」

イッチーはポカンとしているが、俺はピンと来た。

「……もしかして、山名《やまな》さんに？」

俺が訊くと、ニッシーはギクッとした顔になって、背後を振り返る。

「シーッ……！」

その方向には、月愛や谷北《たにきた》さんたちと一緒にお昼を食べている山名さんがいた。向こうはキャピキャピと盛り上がっていて、こちらの声が聞こえている様子はない。

「鬼ギャルに？　逆チョコってやつか？　手作りなんてマメだなー」

ニッシーの真剣な恋心にどこまで勘づいているのか、イッチーが感心したように言う。

もともと他人の気持ちに多少疎《うと》いところがあったけど、参加キッズになってからますます浮世離れしてしまったようだ。

そんなイッチーには頼れないと思ったのか、イッチーがトイレに行った隙に、ニッシーが俺に言ってきた。

「なぁ、カッシー。俺がチョコ渡すとき、ついてきてくれないか？」

「えっ？」

「一人じゃ心細いんだよ……頼むよ」

「い、いいけど……」

谷北さんに告白したときのイッチーといい、どうしてこの二人は、好きな子と会う現場に俺を同行させたがるんだ。

とはいえ、友達に頼られるのは嬉《うれ》しい気もするので、俺はニッシーの逆チョコプレゼントを見届けることにした。

◇

あっという間に放課後になった。

今日は月愛と帰る約束をしていたので、あまり時間の猶予がない。

イッチーは日直なので日誌を書いていて、俺は好都合とばかりにそそくさと教室を出て、廊下でニッシーと落ち合った。

「今、LINEで『廊下来て』って送ったから」

そう言ったニッシーは、緊張した顔をしている。

少しして、山名さんが一人で廊下に出てきた。LINEを読んで現れたようで、ニッシーを見てまっすぐこちらへやってくる。

俺はニッシーからそっと離れて、二人の声が聞こえないほどの場所へ移動した。

山名さんとニッシーが二、三言言葉を交わしたところで、ニッシーは手にしていたものを差し出した。チョコが入っていると思われる小さな包みだ。

山名さんはニッシーを見て怪訝《けげん》そうに何か言うが、包みを受け取る。

そしてお礼でも言ったような雰囲気で、山名さんは受け取ったチョコを手に、教室へ帰っていった。

とりあえず受け取ってもらえたんだ。ニッシー、よかったな……と思ったときだった。

視界の隅に見知ったシルエットが映った気がして、そちらを見る。

そこには、黒瀬《くろせ》さんと谷北さんがいた。

月愛と黒瀬さんが双子だと知れ渡った日から、黒瀬さんは月愛に引っ張られる形で、陽キャ女子たちの輪に入るようになった。特に谷北さんとはオタク趣味が合って、修学旅行のグループも同じなので、急速に親しくなり、休み時間に谷北さんと笑顔で話す黒瀬さんの姿を見る日が多くなった。

そんな二人は今、廊下の柱の窪《くぼ》みに挟まるようにして、身を潜めて会話している。教室では話せないことなのだろうか……と思っていると、谷北さんが、持っていた紙袋を黒瀬さんに押しつけるように渡した。

「いっしょーのお願いっ！　ねっ⁉」

谷北さんの声だけが聞こえてくる。

谷北さんは顔の前で手を合わせ、拝むようなポーズを取っていた。

「こんなことマリめろにしか頼めないの〜！　ニコるんやルナちには絶対からかわれるし……だからお願いっ！」

仕方なさげに紙袋を受け取った黒瀬さんは、困ったような顔をしていたが、谷北さんの切羽詰まった様子にほだされたのか、おずおずと頷《うなず》いた。

「ありがとーっ！　じゃあよろしくっ！」

明るい顔になって、谷北さんは風のように去っていった。

黒瀬さんは何を頼まれたんだろう……と遠目に見ていたとき。

辺りを見回した黒瀬さんと、ふと目が合ってしまった。

慌てて逸らしたが、黒瀬さんはなぜかこちらに歩いてくる。気まずくなって、踵《きびす》を返すと。

「加島《かしま》くん……」

黒瀬さんから呼ばれた。困ったような声だった。

「……ど、どうしたの？」

黒瀬さんと二人で話すのは、彼女と友達をやめた夜以来だ。総合の時間には、グループ学習で必要なことしか話していない。

黒瀬さんは弱りきった顔で辺りを見回すと、俺の手を取って「ちょっと来て」と歩き出す。

「えっ？　な、なに……」

「いいからお願いっ！」

黒瀬さんはいつになく強引な様子で、空き教室のドアを開ける。

黒瀬さんに連行される俺を見て、向こうにいるニッシーが困惑した顔をしているのが見えた。

「く、黒瀬さん？　あの……」

「違うの、これを伊地知《いじち》くんに渡して欲しいの」

そう言うと、黒瀬さんは先ほど谷北さんから渡された紙袋を俺に渡した。中には、真っ

赤なハートが描かれた箱が入っている。この時期だし、誰が見ても本命チョコレートという感じのプレゼントだ。

「朱璃《あかり》ちゃんがね、伊地知くんにチョコあげたいんだって。でも、絶対に自分からだってバレたくないって言うの。下駄《げた》箱には大きすぎて入らないから、わたしに『渡してくれる？』って頼んできたんだけど……わたし、伊地知くんとほとんど喋《しゃべ》ったことないし、加島くんから渡しておいてくれないかな？」

「えっ？　ああ……」

なるほど、そういうことか。

「わかった。いいよ、渡しとく」

イッチー、びっくりするだろうな。まさか谷北さんからだとは思いもしないだろうし。

イッチーの反応を想像して楽しみながら、紙袋を受け取ろうとしたときだった。

ガラッと教室のドアが開いて、廊下から現れたのは……。

「月愛！」

俺と黒瀬さんが、同時に声を上げた。

「仁志名《にしな》くんに『リュート見た？』って訊《き》いたら、ここだって教えてくれたから……」

そう言った月愛は、俺たちの様子を見て、眉をひそめる。

「……ここで、なにしてるの？」

「えっ、い、いや……」

月愛に、谷北さんからイッチーへのチョコのことを言っていいのだろうか？　と迷いが生じた。

おそらく黒瀬さんも同様だったのだろう。俺たちは戸惑いながら、無言で目を合わせる。

「……それ、チョコだよね？」

そんな俺と黒瀬さんの反応に、月愛の表情がますます険しくなる。

それを見て「誤解されている」と気がついた。

「あ……えっと……これはね……」

黒瀬さんが、しどろもどろに口を開こうとしたときだった。


パシンッ！


乾いた音が、俺たち以外いない教室に響いた。

一瞬、何が起こったかわからなかった。

月愛は、右手を振り下ろしたポーズで、肩を上下させて息をついている。

黒瀬さんは、斜め下を向いて呆然《ぼうぜん》としている。その左頬は赤くなっていた。

月愛が、黒瀬さんの頬を叩《たた》いた。

そのことを、ようやく理解した。

黒瀬さんが持っていた紙袋は、叩かれた弾みで、床に落ちている。

「どうしてそういうことをするの？　これ以上リュートを惑わせないでよ」

その紙袋を見ながら、月愛が言った。

月愛は、俺が見た今までのどの彼女より、怒った顔をしていた。

──月愛、友達とかには滅多に怒らないけど、わたしの前では怒るとめっちゃ怖いんだよ。

黒瀬さんの言葉を思い出した。

目の前にいる月愛は、純粋な怒りをあらわにして、黒瀬さんと対峙《たいじ》していた。

「リュートはあたしの彼氏なの！　海愛《まりあ》には渡さないんだから！」

目に涙すら滲《にじ》ませて、月愛は高らかに宣言するように叫ぶ。

「海愛って、いつもそう。チーちゃんのときだって」

悔しそうに唇を引き結んで、月愛は黒瀬さんを見据える。

「どうして？　海愛はすでにいろんなものを持ってるのに。これ以上あたしから取らないでよ」

それを聞いた黒瀬さんは、癇《かん》に障《さわ》ったように眉根を寄せた。

「は？　なに言ってるの？　たくさん持ってるのは月愛の方じゃない」

売り言葉に買い言葉という感じで、黒瀬さんが堰《せき》を切ったように話し出した。

「人気があって、友達だっていっぱいいて。お父さんも……。月愛はみんなに愛される子だから、お父さんも月愛を選んだんでしょ。わたしだって、月愛みたいに生まれてたら、お父さんに愛されたかもしれないのに。それなのに、自分が持ってるもの全部当たり前みたいな顔して生きてて、ほんとムカつく！　わたしがどれだけ月愛になりたかったか」

「なにそれ……」

「月愛って昔からそう。自分がありのままで愛されるからって、ムリしなきゃ人とかかわれない人間の気持ちなんて考えてないでしょ。天真爛漫《てんしんらんまん》に見えて、押しつけがましいのよ。月愛がくれた月と星のピアスだって、自分のモチーフ全開じゃない。自分大好きだよね、ほんと」

「…………」

月愛はわずかに眉根を寄せ、傷ついたような顔で黒瀬さんを見ていた。

無理もない。何年も離れていた妹から、こんなに一気に本音をぶつけられたのだから。

「……おかーさんに訊かなかったの？　海愛がおかーさんと、あたしがおとーさんと、暮らすようになった理由」

しばらくして、月愛は口を開いた。複雑そうな表情だった。

「訊いたに決まってるでしょ。『いろいろ考えた結果』って言われたの。本当のことが言えないときの、大人の常套句《じょうとうく》じゃない」

吐き捨てるように言った黒瀬さんを、月愛は物言いたげな瞳で見つめる。

「おとーさんは教えてくれたよ。あたしたちがこうなった理由」

そう言って、静かに口を開いた。

「本当は、おかーさんが二人とも引き取りたかったんだって。でも、その頃おかーさんは働いてなかったし、実家に帰ってもおばーちゃんにはおじーちゃんの介護があった。おとーさんからの養育費だけで、うちら二人を育てて暮らしていくのはムリだと思ったから、一人だけを選ぶことになって……」

黒瀬さんは、目を見開いたまま床を見つめて、月愛の話を聞いていた。

「おとーさんが選んだのがあたしなんじゃない。そのとき、おかーさんが海愛を選んだんだよ」

「えっ……？」

黒瀬さんは、まつ毛を震わせて月愛を見る。

「『あの子は繊細で、自分の気持ちを素直に言えないところがあるから、女親のあたしが傍《そば》にいて察してあげないと』って、おかーさんがおとーさんに言って、決まったんだよ」

月愛の言葉に、黒瀬さんは両手を口元に当てる。

「ウソ……」

「ずっとそう思ってたの？　おとーさんが海愛を選ばなかったって？　……もしそうだとしたって、おかーさんと一緒にいられることを喜べばよかったじゃん。人はなにかを選ばなきゃいけないんだから。なにもかも手に入れるなんて、そんなのムリなんだよ。あたしだって、諦めてきたものはある。でも、その代わりに得られたものだってあるから」

月愛は、凜《りん》とした口調で言った。

月愛が思い浮かべているのはきっと、お母さんのことや、もう一度家族みんなで暮らす夢のことだろう。そして……「得られたもの」の方に、俺が入っていたら嬉《うれ》しいと思う。

「うちらが一緒に住んでた頃は、あたしも海愛も、おとーさんとおかーさんのこと、同じくらい大好きだったでしょ？」

そう言う月愛は、さっきまでより優しいまなざしを黒瀬さんに向けていた。

「それなのに、いなくなっちゃったから。あたしからはおかーさんが……海愛からはおとーさんが。だから、なくした方の存在が大きくて、その人ばっか大好きで……ってなっちゃったんだよね？　少なくとも、あたしには、そういう時期があった」

月愛の言葉に、黒瀬さんは無言のままだ。

「海愛は、今もおかーさんのことが嫌い？」

そう尋ねて、月愛はふと真剣な顔つきになる。

「嫌いなら、あたしにちょうだい」

すると、黒瀬さんはハッとした顔になる。

「いやだ」

首を横に振って、黒瀬さんは言った。

「お父さんは月愛のものでしょ。だから、お母さんは渡さない」

月愛は少しの間、真顔で黒瀬さんを見つめていたが。

「わかった。……あたしはおとーさんと、海愛はおかーさんと暮らそうね」

そう言って、微笑した。

そんな月愛に対し、黒瀬さんは俯《うつむ》いて口を開く。

「わたしだって、与えられたものを大切にしようと思ってる。……やっと、そうやって生き始めたところなんだから」

不器用そうに訥々《とつとつ》と、黒瀬さんは言った。

「だから、加島くんのことだって、取ろうとなんかしてない」

「え？　だって……」

反論しようとする月愛に、黒瀬さんは床に落ちた紙袋を指す。

「これ、わたしから加島くんへのチョコだと思う？」

「えっ……？」

そこで、俺も紙袋をのぞき込むように見て、気がついた。

紙袋の中の箱は、落とした衝撃で蓋が開いていた。中に入っていたのは特大のハート型チョコで、表面に白とピンクのデコペンで「ユースケしか勝たん♡」と書かれている。

アイドルの応援うちわを彷彿《ほうふつ》とさせるような、谷北さんの想《おも》いの丈を存分に感じる、まごうことなき痛チョコだった。

「ウソ……⁉」

月愛もそれを目撃して、驚きの表情になる。

「友達から預かった伊地知くんへのチョコを、加島くんに渡してもらおうとしてただけ」

淡々と説明する黒瀬さんに対し、月愛はみるみるうちに色を失う。

「えぇ……ご、ごめん、海愛……」

そのときだった。

パチン！

黒瀬さんが、月愛の頬を張った。

「月愛のばか！　はやとちり！」

黒瀬さんが月愛をにらみつけて叫び、一触即発の空気にドキリとしたとき。

黒瀬さんが、月愛の胸に飛び込むように抱きついた。

「……！」

月愛は目を見開き、呆然とした表情で妹の身体《からだ》を受け止めている。

俺は、クリスマスの日に月愛が言っていたことを思い出した。

——ただ、やっぱり完全に前みたいには戻れてないかなって感じるんだ。壁があるってゆーか……。六年も、ほとんど連絡取ってなかったからね。その間の海愛の気持ちとか、

事情とか、わかってないことも多いと思うし。向こうもね。

ずっと二人を隔てていた見えない壁の崩れる音が、俺には聞こえた気がした。

今。

二人はようやく、本当の姉妹に戻ることができたんだ。

「ね、海愛、見てこれ」

ふと、月愛がスカートのポケットから取り出したものを見せる。

それは、月と星のピアスだった。

「これね、星じゃないんだよ。ここにほら、筋が入ってるでしょ。気づかなかった？　星じゃなくて、ヒトデなんだよ」

えっ、と思ってピアスを見る。俺の位置からはわからなかったが、黒瀬さんは驚いた顔でそれを見つめている。

「これは『月と星』じゃなくて、『月とヒトデ』のピアスなの」

月愛は優しいまなざしを黒瀬さんに向けている。

「月と海……これは、あたしたちのモチーフなんだよ。だから、海愛に持ってて欲しかったんだよ」

それを聞いた黒瀬さんの瞳から、涙が溢《あふ》れた。

声を上げ、しゃがんで嗚咽《おえつ》する黒瀬さんの頭を、同じくしゃがみ込んだ月愛がそっと撫《な》でる。

その姿は、生まれたときから片時も離れたことのない、幼い仲良しの双子姉妹のようだった。

◇

翌日の土曜日、予備校の自習室で勉強していたら、俺の席に関家《せきや》さんがやってきた。

「久しぶりですね。午前中から来るの」

年が明けてから、関家さんは休日といえば朝から入試が入っていた。

もうそろそろ決まったのかなと思っていると、関家さんは浮かない顔で目を逸《そ》らした。

「まーな。今日は二次試験のために空けてた日だから」

「…………」

つまり、今日二次試験を受けるはずだった大学は、一次で落ちてしまったということか。

この様子だと、あまり順調とは言えなそうだ。

その日の昼食は、気分転換を兼ねて関家さんと外で食べた。二人でよく行く、チェーン展開のファミレス系ラーメン店だ。

「……龍斗《りゅうと》、志望校まだ決まんねーの?」

麺があらかたなくなったラーメンの器を箸でかき混ぜていた関家さんが、あまり興味なさそうに訊《き》いてきた。たぶん、自分の受験から気を逸らしたい一心なのだろう。

「は、はい……。自分が何になりたいか、まだよくわかってなくて」

以前関家さんに言われて少し考えたが、具体的なことは何も決められていない。

「文系? 理系? それだけ決まってたら決められるだろ」

「文系だと思うんですけど……学部がまだ」

「んなの、行きたい大学の文系学部を片っぱしから受けたらいいじゃん。受かったところに縁があったってことで」

「えっ、で、でも、せっかく大学に行くなら、ちゃんと将来を見据えて決めないと……」

黒瀬さんが言っていたことを思い出して言ったのだが、関家さんは眉根を寄せる。

「お前、真面目すぎ。どこ大でも、どこの学部でも、親が行かしてくれるっつってんだろ？　だったら、そんな深く考えずに決めたらいーんじゃねーの」

「……関家さんは、どうして医学部に行こうと思ったんですか？」

そういう自分はどうなんだと突っ込んだ俺に、関家さんはちょっと目を伏せて答えた。

「うち、オヤジが医者なんだ」

「えっ……!?」

「自宅の近くで耳鼻科やってる。小さな病院だけど、やっぱり子どもに継いでもらいたいみたいで。妹は医者とかてんで興味ないし、小さい頃から、なんとなく俺が継ぐ流れになってた」

なんと、医者の息子だったのか……。

高額な予備校費用がかかる浪人生のわりに、あまり金回りの不自由がなさそうな関家さんの様子にも、ちょっと納得した。

「すげぇ……関家さん」

「まぁ、親ガチャは当たりだったかもしれんけど。オヤジはどう思ってんのかなぁ……俺のこと」

受験が上手《うま》くいっていないせいか、そう語る関家さんの表情は暗い。

「俺さ、中学受験失敗してるんだよね。第三志望まで全部落ちて。無難な私立に行くくらいなら公立でいいってオヤジに言われて、地元の中学に進学した」

それが、山名さんと出会った「北中」か。

「俺、そもそもあんま頭良くないんだよ。小学校でも優等生じゃなかったし。中学では部活頑張ってたから、それなりの高校に行けたけど」

そこから先の顚末《てんまつ》は、俺も知っている。

「……もう、オヤジをがっかりさせたくないんだ。だから頑張ってるけど……ほんとに受かんのかな、俺」

「関家さん……」

沈んだ顔つきでつぶやいた関家さんに、まだ高校受験しか経験したことのない俺が、無責任なことを言うわけにはいかなくて。

「でも、羨ましいです。そんなに真剣に勉強に打ち込めるほど、なりたいものがあって」

話題の角度を変えてみると、関家さんは少し微笑《ほほえ》んだ。

「まぁ、俺の場合『医者になりたい』っていうか、家業があったから継ぎたいって思っただけ。オヤジが社長やってたら、会社継ぎたいって思ったかもな」

「えーっ？」

「だって、その方がラクじゃん？　職業なんて無数にあるし。まだ一度も働いたことない若造が、社会に出る前にそんな中からどーやって自分の天職見つけんのって話。とりあえず何者かになってみて、それが合わないと思ったら別の道を探したっていいだろ？　人生百年時代だぜ？」

関家さんの言っていることはもっともな気がするが、俺はまだ「うーん……」と俯《うつむ》いている。

「龍斗が慎重になる気持ちはわかるよ。お前、真面目だし。だけど、もっとテキトーでいいんじゃん、って思うわけよ。俺みたいに、オヤジが医者だったから医者になるとか、そういうノリで志望校だって決めちゃっていいと思うんだよね。だって、目標がないと、モチベーションが湧かないじゃん？　大学行くのは決まってるわけだろ？」

頷《うなず》いた俺を見て、関家さんは少しの間、無言になった。

「……実は俺、現役生のとき進路迷ってたんだよ。医者になるのは夢だったけど、現実的に考えて俺なんかが受かるのか不安で。遊んでたのもあるけど、そのせいでなかなか受験対策できなかったから……もし高校の頃から準備してたら、たとえ浪人になっても、もうちょっと楽だったと思う」

そう言って、向かいにいる俺をまっすぐ見た。

「お前にはそういう後悔して欲しくないから、早く決めろって言ってんだよ。んで、ちょっと無理めのところにしとけ。まだあと一年あるんだし、その方が実力以上に伸びるもんだから。俺だって、医学部目指してなかったら絶対こんなに勉強しなかったわ」

もしかしたら、毎日のように試験を受けている今の局面だからこそ、関家さんはその後悔を噛《か》み締めているのかもしれない。ふと、そんなふうに感じた。

「で、でも俺、大学のことまだあんまり知らないし……」

志望校って、いろんな大学のキャンパスを見学したり、資料を集めて比較検討したりして、将来のビジョンも視野に入れた上で決めるものだと思っていた。もちろん、模試の成績も加味したりして。だから、今ここで第一志望を決めさせそうな関家さんの勢いにビビりまくりだ。

「志望理由なんか、インスピレーションだよ。恋愛と一緒。誰に惚《ほ》れようかって、あれこれ考えて決めるもんじゃないんだろ？　大学もな。名前がかっこいいとか、好きなアイドルが通ってるとか、そんなテキトーな理由で憧れたらいいんだよ。目標が定まれば、それに向けて努力するようになるもんだから」

それを聞いた瞬間、俺の心の中にひとつの大学名が閃《ひらめ》いた。

――ＫＥＮってさ、法応大卒らしいぞ。

「…………」

胸がドキドキした。

そんな……そんなことで決めていいのか？

でも、俺がもし、法応大に入れたら。

就職するときに、大学名で不利になるようなことはまずないだろう。その後の人生だって……。

未来への無限の可能性が、目の前で一気に開ける幻覚を見た気がした。

「…………」

行けるだろうか？　うちの高校からでも、毎年五人くらいはAランク以上の大学に進学する。

その五人に、俺が入れるのか？

「イマドキ、学歴なんて大したアドバンテージにはならないっていうけどな。宇宙飛行士だって学歴不問の時代だし。だけど、大学名は努力の証明書だから。教科書を一読しただけで内容暗記しちまうような天才だって、教科書を一度も読まなかったら、どこの大学にも入れないいんだぜ」

関家さんの言葉には熱がこもっている。いつも自身を奮起させてきた持論なのかもしれないと思った。

「だったら、未来の自分に、今の自分が努力できる限りの、いい証明書を持たせてやりたいと思わないか？　お前は努力できる人間だと思うから言ってんだよ」

「熱いですね、関家さん」

つい茶化したように言ってしまったのは、関家さんとこういうトーンで話をするのが恥ずかしかったからだ。

「一年もな、一日十三時間勉強してると、いろんなことを考えるんですよ」

俺に合わせてふざけた口調になった関家さんは、そこで再び落ち着いた表情になる。

「真面目な話、お前見てると、中学の頃の俺を思い出すんだよな」

「……お経時代ですか？」

「うわ、めっちゃイジってくんじゃんそれ」

ちょっと笑って、関家さんはテーブルに視線を落とす。

「律儀《りちぎ》で不器用で……一度世渡りを覚えたら、あの頃の自分を思い出して冷や汗が出るよ。……だから、ほっとけないのかも」

ちょっと気まずそうに笑う関家さんを見て、なんだか俺も照れ臭くなった。

「ありがとうございます。……参考になりました」

それだけ言って、軽く頭を下げた。

昼時のラーメン屋は、カウンターもテーブルも絶えず席が埋まっている。いくらファミレス系でも長居は悪いので、とっくに食べ終わっていた俺たちは、水を飲みながらそそくさと退席の準備をした。

そんなときだった。

「あれ？　それ……」

椅子に置かれた関家さんの鞄《かばん》の中から、明らかにプレゼントと思われる包みがのぞいていた。その厚みとダークブラウンの包装紙から察するに……中身はおそらくチョコだろう。市販品なのか手作りなのか、ラッピングからは判断がつかない。

「バレンタインのプレゼントですか？」

さすがモテ男……予備校でもチョコをもらえてしまうのか、と驚愕《きょうがく》していると、関家さんはチョコに目をやって、しれっと答えた。

「ああ、今朝、山名からもらった」

「えっ⁉　会ったんですか？」

「駅で待ってたみたいなんだよな。俺が歩いてたら反対側から歩いてきて、すれ違いざまに無言で渡された。ヤバい売人かよ」

そう言いながら、関家さんは思い出し笑いのようにニヤける。

山名さん……そんなにまでして、関家さんにチョコを渡したかったんだ。

「……連絡するんですか？」

「そーだな。お礼くらい言わないとな」

微笑みながら答える関家さんに、俺も自然と笑みがこぼれる。

「早く、山名さんにいい報告ができるといいですね」

心から思って言った言葉が届いたのか、関家さんは嬉《うれ》しそうにはにかんだ。

「そうだな。……ほんとにそう思ってる」

その微笑を見てしまったら。

ニッシーには悪いけど、やっぱり俺は、関家さんに山名さんを幸せにして欲しいと思ってしまった。

その日の予備校の帰り、二十二時前にK駅に着いた俺は、駅前で黒瀬さんとばったり会った。

「あっ……」

驚く俺に、黒瀬さんは微笑を向ける。

「自習室の帰り？」

「ああ、うん……」

「そっか、わたしも。気づかなかったな」

そう言うと、黒瀬さんは綺麗《きれい》な黒髪をなびかせて踵《きびす》を返す。

「じゃあね」

「うん……気をつけてね」

この前の痴漢のことを思い出して声をかける俺に、黒瀬さんは少し振り向いて微笑する。

「大丈夫。今日は自転車だから」

「ああ……それでも、気をつけてね」

自転車だからって、痴漢に遭わないとは限らないだろう。

すると、彼女は立ち止まって振り向いた。

「大丈夫！　これ持ってるから」

そう言って鞄の中から出したのは、防犯ブザーと小さなスプレーだった。たぶん防犯用の催涙スプレーだろう。

「あのあと、お母さんが買ってくれたんだ。だから心配しないで」

「……そっか」

彼女の笑顔を見て、俺も微笑んで歩き出した。

「じゃあね」

「うん、じゃあ」

駐輪場に向かう黒瀬さんの後ろ姿を視界の隅で見送りながら、俺は心で祈る。

どうか、これからの彼女の人生が、幸福だけで満たされますようにと。

◇

翌日の日曜、バレンタイン当日、俺は月愛と原宿にいた。

「だけど、あのときの伊地知くん、マジで面白かったー！　女の子からのチョコだって、全然信じてないんだもん」

「『ドッキリだよな？　カッシーが作ったのか？』って、俺そんなことするほどヒマじゃないよ」

月愛と話しているのは、金曜日に谷北さんの手作りチョコレートを俺から渡されたときのイッチーの様子だ。

「フフッ。……あれ、アカリからでしょ？」

「さ、さぁ……俺は何も」

「アカリしかいないよー、あんなチョコ作るの」

月愛はアハハと笑って、手元のチョコドリンクを飲んだ。

俺たちは、月愛が好きだというチョコレート屋さんのカフェに入っていた。筆記体で「Lindt」と書いてある店の名前は読むことすらできないけど、木目調の店内は落ち着きがあって、とにかくオシャレだ。

二階の室内には、通りに面した窓から昼下がりの明るい日差しが差し込んでくる。俺たちは表参道のファストフードでランチをしてから、チョコレート目当てでこの店にやってきた。

「今でもドッキリだと思ってるのかな〜?」

「いや、でも最後はちょっと嬉しそうだったよ。素直に信じたいけど、騙《だま》されたときに傷つかないように予防線張ってたんじゃないかな」

「そっか〜。もしかして、女の子からチョコもらうの初めてだったのかな?」

「もちろん初めてだろー。俺だって初めてだし」

と言ってから、これからもらえる前提で発言してしまったのが恥ずかしくなって、首をすくめる。

そんな俺に、月愛はニッと微笑《ほほえ》んだ。

「ちゃんとあげるよー！　安心して」

その手に持っているのは、小さめの紙袋だ。今日、駅で会ったときから、気になって仕方がないが、気にしないようにしてきた彼女の手荷物だ。

「はい、ハッピーバレンタイン！」

それを俺に渡して、月愛は微笑んだ。

「あ、ありがとう……！」

生まれて初めてもらう、女の子からの本命チョコレート。

しかも、大好きな彼女から……。

こんな日が来るなんて……と胸が熱くなって感慨に耽《ふけ》ってしまう。

「開けていい？」

「うん。どーぞ！」

紙袋に入っていたのは、赤いリボンのかかったチョコレート色の箱だった。感激で震えそうになる手でリボンを解《ほど》き、蓋を開ける。

中から現れたのは、小さめのチョコレートケーキだった。上に粉砂糖でハートが描かれているのが、可愛《かわい》らしくて、恥ずかしくて、嬉しくて困る。

「美味《おい》しそう……ありがとう」

「ガトーショコラ！　昨日、海愛んちで教えてもらったんだ。海愛の予備校の時間まで」

「そうなんだ」

「試作のやつ一緒に食べたんだけど、めっちゃ美味しかったから、安心して食べて〜！」

「うん、大切に食べるよ」

元通りに結べないリボンを箱の上にのせて紙袋に戻し、俺は弾んだ気持ちで手元のドリンクを飲む。

月愛のオススメで買った冷たいチョコレートドリンクは、カップの内側に溶けたチョコレートのような模様が描かれていて綺麗だ。味も、チョコレートが香り高くて美味しい。

「……そっかぁ。リュート、チョコもらうの初めてなんだぁ」

ふと、月愛が自分のドリンクを見つめて、噛《か》みしめるように呟《つぶや》いた。

「あたしも、初めてなんだ。彼氏に手作りチョコあげるの」

「そうなの？」

それは嬉しい……と思っていると、月愛は飲んでいたストローから唇を離す。

「期待されてるのかなーって思うときはあったけど、めんどそーだし、うまくできなかったらやだし」

「でも、今回は作ってくれたんだ？」

嬉しくなって笑みが溢《あふ》れる俺に、月愛はやわらかく微笑む。

「作りたくなったんだ、リュートには。リュート、いつもあたしの手作り喜んでくれるし」

「うん……ありがとう、月愛」

改めてお礼を言うと、月愛はポッと頬を赤らめる。

「どーいたしまして……」

幸せな時間だった。

幸せに匂いがあるなら、それはきっとチョコレートの香りだろう。

そんなふうに思うくらい、今この瞬間、二人の間に流れている空気には、甘ったるい心地よさが充溢《じゅういつ》していた。

そういう雰囲気の中で、月愛が急に、むずむずした顔になった。

「ねぇねぇ、ちょっと訊《き》きたいことがあるんだけど」

「えっ、何？」

思い当たることも、訊かれてまずいこともまったく思いつかないので、なんだろうと月愛の目を見つめ返す。

すると、そんな俺から目を逸《そ》らして、月愛は少し気まずげに口を窄《すぼ》める。

「……リュートって、大人向けの動画とか見る？」

「大人向け？」

「うん」

「えっと、なんだろ、戦争映画とか？」

「あーううん、そうじゃなくてぇ……エロい系？」

「エ、エロ？　えっ、えっと……もしかして、ア、アダルト動画ってこと？」

戸惑いながら尋ねると、月愛はこくんと頷《うなず》く。

「な、なんで？」

「ねぇえー答えてよ。見るの？　見ないの？」

「えっ……!?」

月愛が焦《じ》れたように質問を重ねるので、なんであれ答えなければいけない空気になる。

「……み、見ます」

すると、月愛の瞳が輝いた。

「どんなの見るの？」

「えっ!?」

ま、まさか、ジャンルを訊いているのか？

そもそもこの質問には一体どういう意図が？　今後のために、俺が変態でなくノーマルな趣味の男だということを確認して安心したいのか？

いずれにしろ、当たり障《さわ》りがないものを答えるしかない。

「じょ、女子高生モノとか……？」

ＤＫがＪＫモノを見るのは、普通だよな？　うん、普通だ。

頭の中でそう幾度も自問自答してから、答えた。

「ふうん？」

月愛は目をぱちくりさせる。

「女子高生、好きなの？」

「えっ……」

戸惑いつつ、俺は口を開く。

「いやだって、月愛だってそうじゃん……？」

「えっ」

今度は月愛が面食《めんく》らった顔をするので、俺は慌てた。

「あっ、べっ、別に、月愛を重ねて見てるわけじゃなくてっ……！」

「重ねてないの？」

そう言った月愛の顔がしゅんとしているように見えて、俺はさらに焦《あせ》る。

「えっ⁉　えぇっ⁉　えっと、その……いや……」

月愛はまだしゅんとしている。

「……重ねたり、するかも」

「マ？」

俺の回答に、月愛の顔がパァッと明るくなった。

「…………」

ど、どういうことだ、これは一体⁉

「ね、じゃあ、あたしのエッチな妄想《モーソー》する？」

「えっ⁉」

「ねぇねぇ⁉　どうなの⁉」

「……す、するけど……」

しまくりですけど。それはもう……言えないくらい。

「そうなの⁉　リュート、そんな感じ、普段は全然しないじゃん！」

「えぇっ……⁉」

いや、むしろ「いつもエロ妄想してます」って顔して歩いてる男がいたらどうかと思うのだが。

「ねぇねぇ、どんな妄想するの？　妄想の中のあたし、どんな感じ？」

「えっ、ちょっ、えぇー……」

「ねー！　いーじゃん！　教えてよ～！」

「いや、それはさすがに……」

「いいからー！　ねぇ～！」

そこで「コホン」と咳払《せきばら》いの声が聞こえて、俺たちは止まった。隣の席に一人で座っていたお姉さんが、イラついた顔で本に目を落としている。

少しうるさくしすぎたようだ。しかも下品な話題で……店の雰囲気に合わないことこの上ない。

反省した俺たちは、飲みかけのドリンクを持って外に出た。

街に出ると、表参道の並木道は多くの人で溢れていた。

オシャレな店のショーウィンドウを眺めながら、月愛は鼻歌でも歌いたそうな顔で歩いている。

今日の月愛は、ダボっとした萌《も》え袖のセーターに短めの白ダウンコートを羽織り、下半身はタイトなミニスカートにロングブーツというファッションだ。とにかく萌え袖が可愛くて、このスタイルが見られるのもあと少しかと思うと、過ぎゆく季節が名残惜しい。

「最近ね、めっちゃ感じるんだ。解放感《カイホー》ってやつ？」

冷えて冴《さ》え冴《ざ》えとした空気の中、清々《すがすが》しい口調で、月愛は言った。

「おとーさんの再婚予定を知って、『ふたりのロッテ作戦』が失敗して……めっちゃショックだったけど、なんか心が軽くなったんだよね。もうあの頃には戻れないんだって、吹っ切れた」

人波にまぎれて大通りを歩く俺たちの頬を、冷え冷えと乾いた風がそっと撫《な》でていく。

「それでも、家族がいなくなったわけじゃない。あたし自身が、おとーさん、おかーさん、おねーちゃん、それに海愛と……それぞれとの関係を大事にして、繋《つな》がりをあたためていけたら……家族の絆《きずな》はきっと、続いていくよね。あの頃と同じように」

そう語る月愛の瞳には、生き生きとした光が輝いていた。

「自由になれたんだ、あたし。やっと。『あの頃に戻りたい』って気持ちから」

そう言って、月愛はドリンクを持っていない方の手を空に掲げる。薬指の石が、まろやかな陽光を反射して、ピアスとともに白く煌めく。

月愛の細い指と、背の高いけやきの枝の向こうに、穏やかな青空が広がっていた。

「過去には戻れない。絶対に。そのことを、ようやく受け入れられた気がする」

空を見つめる月愛の横顔には、強い意志が漲《みなぎ》っている。

彼女が見上げる空を、一羽の鳥が横切るように飛んでいった。

「もう、届かない空の上は見ない。前だけ見る。あたしは鳥じゃないから。行けない場所に憧れたって、あたしらしく生きられないよね」

そう言うと、月愛は俺の方を見て笑った。

月愛らしい、初夏の太陽のような笑顔だった。

「さー、これからは、未来に向かってちゃんと進むぞー！」

明るく言って、月愛は歩みを速める。

冬枯れの街路樹に緑はない。でも、その枝には無数の芽が息づいていることを、俺たちは知っている。

月愛の中で、きっと今、何かが大きく変わろうとしているんだ。

「海愛は、漫画の編集者になりたいんだって。あたしも、自分だけの夢を探さなきゃ。みんなより、ちょっと出遅れちゃったけど……できるかな？」

「できるよ。月愛ならきっと」

不安げな彼女に、俺は力強く頷いた。

「……月愛、俺も聞いて欲しいことがあるんだけど」

本当はまだ言うつもりなんてなかったけど、そんな彼女を見ていたら、俺も言わなければならない気がしてきた。

「俺……法応大を目指そうと思うんだ」

俺の告白に、月愛は大きく目を見開く。

「えっ、ホーオーって、あの⁉　めっちゃ頭いいとこじゃん！」

「う、うん……」

「え、ヤバ！　めっちゃすごくない⁉」

「い、いや、目指すだけなら誰でもできるから……受かるように、これから頑張らないと」

予想以上の反応にたじろぐ俺に、月愛は片手を拳にして大きく振ってみせる。

「受かるよ、リュートなら！　リュート、めっちゃ頭いいもん」

「……ありがとう、月愛」

月愛にそう言われると、なんだか本当に合格できそうな気がしてくる。

「一緒に頑張ろーね！　リュートのこと、あたしめっちゃ応援するし！」

勢いで言った彼女は、そこでなぜかハッとした顔になり、優しい微笑を浮かべる。

「……うん。リュートのことなら、あたし、心から応援できるから」

今度は噛《か》み締めるように、そう言った。

「ありがとう、月愛」

心が強くなった気がして、俺も月愛に微笑《ほほえ》み返す。

「俺も、月愛を応援するよ」

互いに言って、俺たちは顔を見合わせて笑った。

「あたしたち、お互いの応援団だね」

「そうだね」

どんなときでも、どんな場所にいても、いつも君の味方でいたい。

こんなに想い合える人と出会えたことは、俺の人生の財産だ。

どんな将来を選び取っても、俺は君を応援する。

そして、こうやって二人で笑い合っていよう。

いつまでも。

◇

その後、月愛のウィンドウショッピングに付き合いながら、俺たちは渋谷の方まで歩いてきた。

まだ昼の短い季節は続いていて、歩いているうちにいつの間にか日は沈み、辺りに夜の気配が漂ってくる。

「うわ、キレーイッ！」

ある複合施設の前を通ったとき、月愛がイルミネーションを見て声を上げた。

「まだイルミやってるんだ！　ちょっと見てこーよ！」

「いいよ」

それで俺たちは、施設の敷地内に入っていった。

イルミネーションは、通り道の中の方まで続いている。歩いている途中、地下からの吹き抜けを見下ろすと、そこにはイルミネーションが一層鮮やかに輝いていた。電飾で煌《きら》びやかに彩《いろど》られた植栽の数々が、そこにあるレストランのオープンテラス席を囲んでいる。街で昨今流行《はや》りの白っぽいLEDを見慣れているので、オレンジ色で統一された明かりが、ゴージャスでノスタルジックな雰囲気だ。

「わっ、キレイ！　あそこ座ったら特等席だねー！」

月愛が下を見て声を上げた。

レストランは格式の高そうなフレンチらしき外観で、オープンテラスにいるのもさすがに落ち着いた大人の客ばかりだ。

「いいな〜、いつかあんなお店でデートしたいな〜」

「そうだね。大人になったら」

大人になったら……。

自分がまだ大人でないことを存分に思い知った、ほろ苦い冬。

いつか、あんな店で月愛と気後れせずに食事ができる、正真正銘の大人になったとき。

今の二人は、俺たちの胸の中で、何色の思い出になっているのだろう？

できれば、このイルミネーションのような、温かい色の光を灯《とも》していたいと思う。

そのためにも、後悔はしたくない。

——できるよ、リュートなら！　リュート、めっちゃ頭いいもん。

月愛の言葉を心で反芻《はんすう》すると、身体《からだ》の奥底から力が湧いてくるような気がした。

「……なんだろ。渋谷なんてしょっちゅう来てるし、イルミだって毎年見てるけど」

月愛が明かりを見ながらつぶやいて、俺の肩に頭を乗せた。

「今日見るやつが、一番キレイだなって思う」

感傷に耽《ふけ》るようなまなざしでそう言ってから、月愛は頭を上げて俺を見る。

「リュートが隣にいてくれるからかな？」
その赤い頬は、痺《しび》れるような寒さのせいだろうか？
上目遣いな微笑みが、いつも以上に可愛《かわい》らしい。
月愛の白い吐息が、重ねた掌《てのひら》の溶け合う体温が、愛《いと》おしくて。
寒い季節なんて、ほんとはちょっと苦手だけど。
あと少しだけ、冬が続いて欲しいと思ってしまった。
芽吹きの春は、もうすぐそこだ。

第「五」・「五」章「黒瀬海愛の裏日記

昨日、月愛《るな》がお菓子を作りにうちに来た。

たぶん、加島《かしま》くんへのバレンタインのプレゼントの予行演習だと思う。

なにも思わなかったわけじゃないけど、それよりも、月愛と一緒にお菓子を作って食べる時間が楽しかった。

月愛と、やっと元に戻ることができた。

わたしからは、なにもできなかった。

月愛が、わたしたちの新たな道を切り開いてくれた。

そして、月愛の背中を押してくれたのは……たぶん加島くん。

わたしにはわかる。きっとそうなんだ。

わたしはきっと、月愛のことを生涯羨ましいと思い続けるだろう。自分にないものを持っているから。

思えば、物心ついた頃からずっと、わたしは月愛に憧れていた。
憧れながら、傍《そば》にいた。
月愛が大好きだったから。
それが、わたしたちの自然な姿だったんだ。
あの頃の自分に、もう一度出会えた気がする。
それに、月愛だって、わたしを羨むことがあるんだと知ったから。

わたしの人生だって、捨てたもんじゃない。
どうして、自分にはなにもないと思ったんだろう。
わたしには、夢がある。
T女の友達がいる。
家にはお母さんと、おじいちゃん、おばあちゃんがいる。
そして、月愛とまた姉妹になれた。
朱璃《あかり》ちゃんたち、新しい友達もできた。
わたしの人生は貧しくないし、孤独でもない。
こんなにも豊かに輝いている。

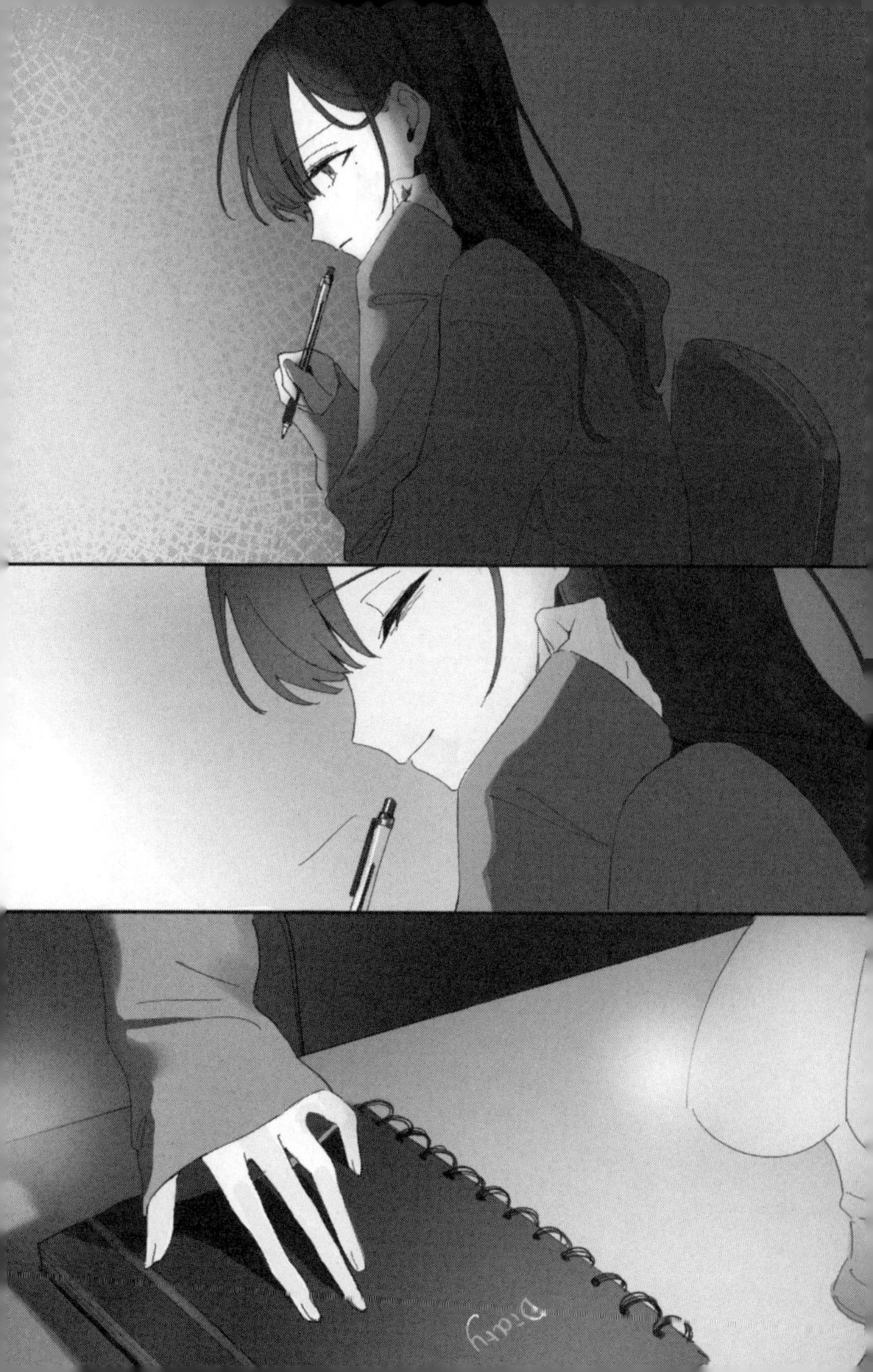
Diary

それに気づけたのは、きっと、わたしが月愛という翼を取り戻したから。
月愛に連れられて、高みから見た自分は、そんなに不幸な存在じゃなかった。

ありがとう、加島くん。
わたし、今やっと、幸せの手ざわりを思い出したよ。

エピローグ

その後、俺たちは月愛《るな》の希望で原宿に戻り、月愛の行きつけのプリクラショップに向かった。

地下にあるショップは、蛍光灯とプリクラ機から漏れる明かりで昼間よりも明るい。プリクラ機のビニールカバーには、トレンド感溢《あふ》れる女性たちの写真がプリントされていて、それが奥行きのあるフロアにずらりと並んでいる様は圧巻だ。

お客さんは十代から大学生くらいまでの若者が中心で、機種によっては順番待ちの長い列が見られる。カップルもちらほらいるが、多いのは圧倒的に女性だ。

「…………」

こんなところに来たのは初めてだ。月愛と付き合わなかったら、死ぬまで訪れなかった場所かもしれない。

「どれにしよーかな～。彼氏と一緒に撮るなら、盛りすぎないナチュラルめなやつがいいよねー」

月愛は店内を歩きながら、プリ機を品定めする。俺には違いがまったくわからないが、月愛は何かがわかったらしく「うん、これにしよー！」と、一台の機械に並んだ。

すぐに順番が来て、まずは外側にある画面で人数や背景を選択する。無数にある色やデザインは、俺には全部一緒に見えて何がなんだかわからないけど、月愛はタッチペンでテキパキと操作して選んでいく。

「うん、よしっ！　行こ、リュート！」

「う、うん……」

月愛に腕を引っ張られて、ビニールカバーの内側の撮影ブースへと進む。

カバーの内側は真っ白で、ポカンとしているとすぐに撮影が始まった。

「リュートもポーズ取ってー！」

「えっ⁉」

「とりあえずお手本のマネすればいーから！」

「はい⁉」

よく見ると、正面の画面にお手本のポーズというものが表示されている。

「もーちょっと近寄って！」

「えっ⁉」

「ちょ、近すぎ〜見切れちゃう！」

「ええっ⁉」

「早く早く！」

焦《あせ》っている間に、機械が「三、二、一……」とカウントダウンをしていて、フラッシュが焚《た》かれる。

続けざまに、次のポーズだ。

「ほら、リュートも手出して」

月愛に言われて画面を見ると、お手本のポーズでは二人が片手を真ん中で合わせて、ハートを作っていた。

は、恥ずかしい……！

「リュートぉ、早く〜」

撮影ブースは狭い。ブース中が月愛の匂いで満たされて、すぐ目の前にいる彼女が、上目遣いで片手を差し出している。

「……こ、こうかな……」

おずおずと出した手の指先に、月愛の指先がぴったり合わせられる。

ドキドキして、変な表情になっていそうだ。

そんなことを何回か繰り返し、撮影が終了した頃には、俺はいろんな意味ですっかり消耗していた。

「すごい……」

世の女子は、みんなこんなことをしているのか？　っていうか、モデルでもないのに、よく恥ずかしくもなく、あんなポーズを次々決められるな……。

感心半分、驚き半分、といった感じで呆然《ぼうぜん》とする俺の横で、落書きコーナーの画面に、月愛が物凄《ものすご》い勢いでタッチペンを走らせている。

「えーこのクマ可愛《かわい》い！　リュートにつけちゃお〜！　あたしはネコかな〜！　あっ、めっちゃいー感じ！」

独り言のように早口で言いながら、月愛はスタンプを駆使したりして、すべての写真に落書きしていく。その鮮やかなタッチペン使いは、まるで新手のハッカーのようで、見てると段々カッコよくさえ思えてくる。

「………」

ギャルだ……正真正銘のギャルだ……。一体これまで何十枚のプリクラを撮ってきたら、こんな達人のような洗練された動きができるのだろう。

改めて、月愛の陽キャ度に恐れ慄《おのの》いていると。

「でーきたっ！」

月愛が完了ボタンを押して、俺の人生初プリクラが完成した。

「わっ、めっちゃいーじゃん！　盛れてるー！」

印刷されて出てきたシールを見て、月愛が声を弾ませた。

「リュートもかわいー！」

見ると、プリクラの中の俺は、鏡で見る顔よりも輪郭がシュッとして、唇にちょっと赤みがさし、目が大きくなっている。全体的に女の子っぽい雰囲気になっているのが恥ずかしい。

そんな俺に対して、月愛は抜群に可愛い。表情もそれぞれのポーズに合っているし、CGで作られたような完璧な美少女だ。

プリクラで加工された女子の顔って不自然で苦手だったけど、本当に可愛い子が撮ると、現実離れした可愛さになるんだなと思った。それでも、俺は実物の月愛の方が好きだけど。

「……いいね……」

と言ったきり、なんともコメントできなくて黙ってしまった俺を、月愛はふと気遣わしげに見る。

「……どう、リュート？　やっぱプリとかムリ？　あっ、韻踏んじゃった、ニコルに審査してもらわなきゃ」

ちょっと笑って、月愛は再び真面目な面持ちになる。

「前に言ったじゃん？　あたしギャルだから、ギャルがやることは一通りやりたいって。でも、リュートは興味ないことだらけだろうから、あんま付き合わせるのもなぁって思ってて」

悩ましい顔をして、月愛は一旦唇を引き結ぶ。

「でも、これがあたしだから……。ほんとはプリも、もっと早くに撮りたかったんだけど……こういう感じ、リュート苦手そうだなって思ったからガマンしてて。……やっぱ引いちゃった？」

以前……文化祭の前に、月愛が言っていたことを思い出した。

──リュートだって、そのうち引くかもしれないよ。あたしギャルだから、ギャルがやるようなことは一通りやりたいし。

「…………」

ギャルがやるようなことって、こういうことだったのか。

心の奥の方にちょっとだけ引っかかっていたものが、すっと流れていくのを感じた。

「……ううん、大丈夫だよ。初めてだからいろいろ驚いたけど、プリクラ、ちょっと楽しかった」

俺が言うと、月愛は目を見開く。

「えっ、ほんとに？」

「うん」

「じゃあ、これからデートのときによさげなプリ機あったら、カップルプリ撮ってくれる？」

「うん……俺とでよければ」

「いいに決まってるじゃん！」

自信がない俺に、月愛は特大のスマイルを見せる。

「あたしのカップルプリは、リュートとしか撮れないんだよ。これから先、ずっと」

うっすら頬を染めて、月愛ははにかみがちに俺を見つめる。

「だから、リュートと撮りたいんだよ」

「月愛……」

胸が熱くなって、その華奢《きゃしゃ》な身体《からだ》を抱きしめたい衝動に駆られる。

「うん……いっぱい撮ろう」

思わず、そう言っていた。

月愛の顔が明るくなる。

「ほんと⁉　じゃあ、早速もう一枚撮っちゃう⁉」

「え⁉　う、うん……」

自分から撮ろうと言ったばかりなので、断る選択肢は存在しない。

「次はどれにしようかなー……あっ、そうだ！」

物色のため店内を歩き出した月愛が、店の中央で立ち止まった。

「ねぇねぇ、リュートって、コスプレとか好き？」

「えっ？」

見てみると、そこの壁に「コスプレ無料レンタル」というポスターが貼られていた。プリクラを撮る人に貸し出しているらしい。

「べ、別に……特にそういう趣味はないけど……」

ただでさえ、さっきの尋問で変態だと思われているかもしれないのに、これ以上ボロを出すわけにはいかないと慎重に答える。

「えー？　でも、海愛《まりあ》のコスプレに食いついてたじゃん？」

俺の反応が気に食わないのか、月愛は口を尖《とが》らせる。

彼女が言っているのは、パンフレット係の集まりで黒瀬《くろせ》さんが自分のコスプレ写真を見せてくれたときのことだろう。

「食い……って、いや、あれは知ってるキャラだったから」

「ふーん？　じゃあそーゆーことにしとくけど？」

不服そうに言ってから、月愛は「あ」と何か思い出した顔になる。

「海愛っていえば、昨日海愛にKENさんの動画見せてもらったよー！　伊地知《いじち》くんが出たときの」

「えっ、マジ？」

「すごいねー。あんなお城みたいなのゲームで作れるんだ。伊地知くんって才能あったんだねー」

月愛が心から感心したように言うので、イッチーの建築のすごさは充分わかっている俺だが、ちょっとムッとしてしまった。

「……まぁ、でも別に、もっとすごいの作ってるキッズだっていっぱいいるし？」

そんな俺をちょっと見つめて、月愛が目を丸くする。

「あーっ、もしかして、ヤキモチ？」

その顔は、なぜか嬉《うれ》しそうだ。

「えっ、べっ、別にそういうわけじゃ……！」

子どもっぽい反応をしてしまったことに気づいて、羞恥心が遅れてやってくる。

うろたえる俺を見て、月愛は笑った。

「ふふっ、これでおあいこだね！」

「………………」

なんだかむずむずするけど、どうやらそういうことらしい。

「で、ほんとはどーなの？　コスプレ」

「どうって……」

もう正直なことを言うしかなくなって、俺は顔を熱くしながら口を開く。

「特にコスプレが好きってわけじゃないけど……好きな女の子のコスプレには……興味ある」

「それって……」

「……月愛のコスプレは、すごく見たい」

恥じらいながら言った俺を見て、月愛の頰もぽうっと赤くなる。

「……もぉ……リュートのそういうとこ、ほんと反則っ！」

赤い顔で、ちょっと怒ったように言った。

そんな月愛が、本当に可愛い。

「じゃあ、あたしの、どんなコスプレが見たいの？」

「え？　えーっと……」

月愛に尋ねられて、俺たちは月愛のコスプレ衣装を選ぶことになった。

お店の人に貸してもらった衣装写真のアルバムを二人でのぞく。

「無難なのはー、ポリスとかナースとか？　制服はいつもと変わんないしねー」

「そうだね……」

俺は激しく迷っていた。

正直、全部見たい。片っ端から着て欲しい。自分がコスプレに対してこんなに熱い気持ちを持っているなんて思っていなかった。

それはやはり、月愛だからだと思う。月愛なら、どれを着たって似合うと思うから。

とはいえ、選ばなければならない。一着だけ。一番見たいものをリクエストするとしたら……。

「……えっと……」

あまりの恥ずかしさに、耳まで赤くなっているのがわかる。

「これ……が、いいな……」

俺が指したのは、メイド服だった。黒いミニワンピースに白いフリルエプロン、ニーハイソックスという、いかにもな衣装だ。

オタクくせぇ～～～！

自分でもわかっている。オタク童貞まるだしのチョイスだということを。

でも、一番見たいんだ。どうせどれを選んでもなんらかの癖《へき》は疑われるのだから、かっこつけて別のものを言ったたってしょうがない。

「あ～やっぱり！」

月愛はパッと顔を輝かせた。

「リュートならそう言うと思ったー！」

「えっ!?」

「だって、あたしのバイト先はケーキ屋さんがいいんでしょ？　制服、フリフリエプロン系のイメージだよね？　メイド服が近くない？」

「あっ……」

それは、月愛と付き合いたての頃の会話だと思い出す。

──ケーキ屋の制服とか、白河《しらかわ》さん、似合いそうだなって思って。

「…………」

そんな初期から癖《へき》を晒《さら》していたのか……。もうとっくに手遅れだった。

「よく覚えてたね……」

あんな昔の、他愛もない会話の断片を。

「覚えてるよぉ～」

月愛は笑った。

「リュートは、あたしが人生で仲良くなった、初めてのタイプの男の子だから。『どんな人なんだろう?』って思って、リュートが言ったこととか、したこととか、ひとつひとつ心の中に大事にしまって、集めてるんだ」

伏し目がちに言う彼女の、幸せそうな微笑《ほほえ》みを見ていたら、俺の心が再びじーんと熱くなる。

葛藤していた自分が、ちょっと恥ずかしくなった。

月愛は、オタク童貞な俺の癖《へき》も、受け入れようとしてくれていた。

ということは、先ほどのカフェでのあの尋問も……変態度チェックのためではなく……

俺のことを知りたかったから?

しかし、なんで急にエロ方面の情報収集を始めたんだ?

今まで月愛とそっち系の話はほとんどしたことがないし、経験こそ俺よりだいぶ積んでいるものの、そういったことには淡白なタイプなのだと思っていた。

そんな彼女の、この急な変化がどういうことを意味するのか……それを考えたとき。

「………」

心臓が速くなってきた。

もしかしたら、的外れな都合のいい想像かもしれないけど……。

そろそろ？

そろそろなのか？

月愛も……俺とエッチしていいと思い始めてくれてるのか？

「じゃー着替えてくるねっ！」

店員さんにメイド服を出してもらった月愛が、にこやかにフィッティングルームへ消えていく。

そわそわしながら待つこと数分、カーテンを開けて出てきた彼女は……。

「じゃーんっ！」

「おおっ……！」

思わず、飛びのいてしまった。

メイド服の月愛は、あまりに尊かった。

はちきれんばかりの胸元！

エプロンの紐《ひも》で強調された腰のくびれ！

すらりとしてそれでいて肉感のある太ももの絶対領域！

そして……。

「どーお？　似合う？」

月愛は頭に手をやり、俺に微笑みかける。

彼女が頭につけているのは、ピンクのウサ耳だった。

「ヘッドアイテム、セットのカチューシャじゃなくてこれにしちゃった！　なんか可愛《かわい》くない？」

月愛はウサギのように手を丸めて、愛らしいポーズを取る。

ズキューン！　と心臓を大口径マグナムで撃ち抜かれたようなときめきに襲われる。

「さ、これでプリ撮りに行こー♡」

月愛は俺の腕に自分の腕をからめ、颯爽《さっそう》とプリ機へ向かう。

そうして俺は、バニーメイド月愛と撮影ブースに入った。

可愛い。可愛すぎる。

撮影画面に映る月愛に動悸《どうき》が止まらない。

そんな中、さっきと同じように、めまぐるしく撮影が行われる。

「三、二、一……」

機械のカウントダウンが進行しているときに、月愛から「リュート！」と呼ばれた。

「ん？」

シャッターを気にしながらも、月愛の方に顔を向けると。

月愛の顔が、目の前にアップになって……。

唇がそっと重なった。


「……!?」

驚いて固まったときには、すでに唇は離れ、シャッターも切られたあとだった。

キスをした。

ビニールカバーに覆われた、二人きりの狭い空間で、バニーメイドな月愛と……。

……キスをしているところを、撮られた。

そう考えると、ドキドキが止まらない。

「……る、月愛？」

撮影が終わったのに、月愛は落書きコーナーに移動しようとしない。声をかけると、彼女は上気した顔で満足げに微笑む。

「チュープリ、一度撮ってみたかったんだ」

照れたようなその表情が愛《いと》おしい。

一度撮ってみたかった……ってことは、月愛も初めてなのか。

そう考えると、心の底からじわじわと喜びが湧き上がる。

「……で、リュートはさ？」

「ん？」

そこで、月愛がずいっと俺に近寄ってくる。

「このバニーメイドにどうして欲しいの？」

「えっ……!?」

はちきれそうなブラウスの胸元が目の前に迫り、動揺の声が出た。

月愛はそんな俺を、上目遣いで煽《あお》るように見つめる。

「ねぇねぇ、こんなあたしってエロい？　ムラムラする？　エッチなことしたい？」

その胸を俺の鳩尾《みぞおち》あたりに押しつけ、月愛が挑発的に尋ねる。

弾力のあるやわらかな感触にドギマギして、こんな場所なのに理性が危うくなって……

焦《あせ》った俺は、月愛に言った。

「ど、どうしたの、月愛？　なんか今日変だよ……？」

すると、月愛は驚いた顔になって、俺からちょっと離れた。

「……わかんない。あたし変なの。自分でもわかってる」

困ったように目を伏せて、そうつぶやく。

「ニコルに相談してもウザがられるし……もうリュートに訊《き》くしかなくて」

「な、何を？」

話が見えなくて尋ねると、月愛は顎をはね上げて俺を見る。

「ねぇ、あたしたち、思ってることがあったら言おうって言ったじゃん？」

「う、うん……」

それを言ったのは月愛だけど、俺もそうしたいと思っている。

そう考えて受け止めようと構える俺に、月愛はとんでもないことを口にした。

「あたし、リュートをムラムラさせたい……。あたしをエロい目で見て欲しい。これって、あたしがリュートと『エッチしたい』ってことなのかな⁉」

「えっ⁉」

「ね、どー思う？　あたし、リュートとしたいのかな？」

再び月愛が俺にずいっと迫り、悩ましげな目で見つめてきて、頭がパニックになりそうだ。

「こんな気持ち初めてで……わかんないよ……」

弱りきった声で、月愛がつぶやく。

プリクラはとっくに落書きの時間になっていて、今頃はもう時間切れでシールが出てきているかもしれない。後ろに並んでいる人がいなくてよかった。

「………………」

そんなことを頭のだいぶ隅の方で考えながら。

ええええ————————————っ!?

「心の中大声コンテスト」があったら優勝は間違いなしという叫び声を上げて、俺は目の前のバニーメイドな彼女を見つめながら、心臓を爆速で鳴らしていた。

あとがき

四巻もお手に取ってくださりありがとうございます！

今回は晩秋から冬のお話でした。冬の思い出ってなんかほろ苦い気がするのですが、みなさんはいかがでしょうか？

今回の話を書きながら、受験直前の高三のクリスマスイブのことを思い出しました。同じ予備校に通っていた学校の友達と、授業の合間の休み時間にカップルだらけの街へ繰り出し、勢いでコンビニのクリスマスケーキをホールで買って、教室でヤケ食いした記憶があります。当時の感情としてはほろ苦かったはずなのに、今となってはエモさしか感じない思い出です。

イレギュラーなことって心に残りやすいですよね。龍斗《りゅうと》にとっても、きっと大人になってもなつかしく思い出すひと冬の出来事になったと思います。

思い出すといえば、プリクラもなつかしの思い出です。時々ギャルが出てくる作品を書いているのもあって（『オタク荘の腐ってやがるお嬢様たち』にもギャルの女の子が登場します）、最新のプリクラ事情にはなんとなくアンテナを張っているのですが、今のプリ機は私の現役時代とは様変わりしすぎていて、もし今ギャルの友達ができてプリショに連れていかれたらカルチャーショックで龍斗以上にイモってしまいそうです。

高校の頃は、友達が彼氏と撮ったプリクラをもらうのが好きでした。なんなら「他にあげる人いないでしょ？　ちょうだいよ」と自らせびっていました。フィクションのカップルを見守って萌《も》えたいのと似た感覚で、友人カップルを見てるのが楽しかったんですよね。自分は彼氏いないのに、普通にプリ帳に貼って、時々眺めて微笑《ほほえ》ましく思ってたんですけど、今考えるとなんか怖いな……。

物持ちがいいのが数少ない自慢のひとつなので、今でも当時のプリ帳を持ってます。いつでも見せられます。かつて彼氏とのプリクラをくれた友人たちよ、震えて眠れ……。

というわけで（強引な話題転換）、もう四巻です。こんなに続けられているのは、ひとえに読者の皆様のおかげです。

三、四巻で繰り広げられた月愛《るな》と海愛《まりあ》の物語の断片は、少なくとも一巻刊行時には私の構想の中にあったものですが、二巻までの段階では次巻を出せる見通しがなかったため、ひとまず月愛と龍斗の関係を進めることを優先し、その結果、海愛を都合のいい当て馬のように描くことになってしまったことに引っかかりを覚えていました。

龍斗と月愛の物語に必要な人物として登場させた海愛を、今回このような形でちゃんと描くことができて、姉妹の話に一区切りつけることができて、本当によかったです。脇役たちの恋模様も、前巻の頃とは状況がガラリと変わって、ますます目が離せなくなっているのではないでしょうか？（自分で煽《あお》ってプレッシャーをかけていくスタイル）

今回もイラストのmagako様には、素晴らしいイラストを描いていただき、いくら感謝してもしきれません！ Beforeイッチー、無理を言って描いていただき、本当にありがとうございます！

担当の松林様には、子泣き爺《じじい》のようにおんぶに抱っこでお世話になっており、いつもありがとうございます！ お陰様で、小説を書くことに集中できております。

そして、ドラマガ等で以前よりお知らせしておりますが、この『経験済みなキミと～』が、なんとマンガになります！ この本の発売日の四日後に当たる二月二十三日からスタートト予定ですので、ぜひ「ガンガンONLINE」でチェックを！

そしてそして、本編とここまでのあとがきをお読みになった方はお察しくださったかと思いますが、ありがたいことに五巻の刊行も決まっております。

龍斗と月愛の物語は、初夏、夏、秋、冬ときて、次巻でついに春を迎えて季節が一巡します。高校生活最後の年を迎える二人の恋の行方と、彼らを取り巻く仲間たちの青春模様にご注目ください！

それでは、また次巻でお会いできますように！

二〇二二年一月　長岡《ながおか》マキ子《こ》

お便りはこちらまで

〒一〇二‐八一七七
ファンタジア文庫編集部気付
長岡マキ子（様）宛
m a g a k o（様）宛

富士見ファンタジア文庫

経験《けいけん》済《ず》みなキミと、経験《けいけん》ゼロなオレが、お付《つ》き合《あ》いする話《はなし》。その4

令和4年2月20日　初版発行

著者――長岡《ながおか》マキ子《こ》

発行者――青柳昌行

発　行――株式会社KADOKAWA
〒102-8177
東京都千代田区富士見2-13-3
0570-002-301（ナビダイヤル）

印刷所――株式会社暁印刷

製本所――本間製本株式会社

ISBN978-4-04-074286-1 C0193 ◇◇◇

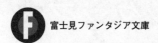

切り拓け！キミだけの王道
ファンタジア大賞
原稿募集中！
賞金
《大賞》300万円
《金賞》50万円
《銀賞》30万円
選考委員
細音啓「キミと僕の最後の戦場、あるいは世界が始まる聖戦」
橘公司「デート・ア・ライブ」
羊太郎「ロクでなし魔術講師と禁忌教典《アカシックレコード》」
ファンタジア文庫編集長
前期締切 8月末日
後期締切 2月末日
公式サイトはこちら！ https://www.fantasiataisho.com/
イラスト／つなこ、猫鍋蒼、三嶋くろね